レベッカ・ウインターズ

17 歳のときフランス語を学ぶためスイスの寄宿学校に入り、さまざまな国籍の少女たちと出会った。帰国後、大学で多数の外国語や歴史を学び、フランス語と歴史の教師に。ユタ州ソルトレイクシティに住み、4 人の子供を育てながら作家活動を開始。これまでに数々の賞を受けてきたが、2023 年 2 月に逝去。亡くなる直前まで執筆を続けていた。

1

「ママ、どうかしら？」ドミニクはニューヨークのホテルの部屋で、新品の黄色のビキニを着てバスルームから出てきた。

母親は涙を浮かべ、愛情にみちたまなざしで娘を見つめた。「とてもきれいよ」

「なにがききたいか、わかっているわよね」

「再建手術は完璧よ。乳房を失ったことは、誰にもわからないわ」

「アンドレアスなら気がつくわ」

「寝室でふたりだけのときに」

ドミニクは母を見つめた。「もし彼がまたわたしを受けいれてくれたらね」

「だいじょうぶよ。きっとなんとかなるわ」

「お医者さまにも診てもらったことだし、ぐずぐずしている時間はないわ」

「アンドレアスとあなたは、あまりにも長く離れすぎていたものね。覚えておくのよ。再建手術をする前も、あなたが彼にとって魅力的だったってことをね。アンドレアスは乳房を失ったあなたと結婚し、あなたが出ていってからも、離婚をきっぱりと拒絶したわ。なんの問題があるっていうの」

ドミニクには大きな問題が見えていた。「別居していたこの一年、身を切られるほど寂しかった……。あんなふうに彼をおき去りにしたわたしを、今さら両手を広げて歓迎してくれるとは思えないわ」

「それはそうでしょう。でも、あなたが結婚のために陰でどんなに努力してきたか、彼はなにも知らないのよ。あなたが経験したことや、その理由を理解したら、これまで以上に愛してくれるわ」

「いかにも母親らしい言葉ね。でも、それだけではだめかもしれない」ドミニクは彼との再会を思って胸が痛んだ。

「もう終わったことよ。今朝、ドクター・キャンフィールドから健康だとお墨つきをもらったでしょう」

ドミニクはうなずいた。「その知らせが待ち遠しかったわ。高校生のころはもっと胸が豊かだったらいいと思っていたけど、先生が言うには、この手術は胸が小さい女性のほうが向くらしいわ。本当だといいけど」

「手術前、先生に言われたでしょう。再建手術は成功率が高いって。ありもしない問題に頭を悩ませるのはおよしなさい」

「そうね。今の悩みは、アンドレアスに近づくにはどうしたらいちばんいいかよ。彼を驚かせたいけど、隙がまったくない人だからどうしたものか」

「電話をしてみたら?」

「いいえ。まず直接会いたいの。不意をつくのよ。ボスニアに戻ったら、わたしは調査の仕事をすることになるわ。だから、問い合わせをしても、きっと怪訝に思われないはずよ」

「そういうことなら、急いで服を着替えて、空港に向かったほうがよさそうね」

ドミニクは大急ぎでバスルームに戻った。飛行機に乗りおくれるわけにはいかない。

彼女は震える手でビキニを荷物に入れた。次に着るのは、夫の前に立っているときだろう。彼の目を見れば、欲望の火が消えたかどうかがわかる。ふたりの結婚に希望が残されているかどうかが。

十二時間後、ドミニクはサラエボの米国領事館で働く父親の事務所にいた。彼女は父の下で働いていた。

ニューヨークからの飛行機のなかで、ドミニクはアンドレアスの会社のアテネ本社に公衆電話からかけてみることを思いついた。ボスニア人の輸入業者の秘書を装って、新規事業について話したいと言えば、怪しまれないだろう。アンドレアスがアテネにいるかもわかる。

ドミニクは午前中に届いた郵便物を開封したら、忙しくならないうちに抜けだし、数軒先のビルの郵便局で電話をすることにした。

椅子から立ちあがりかけると、受付係から電話が入った。「なにかしら、ウオルター？」

「ポール・クリストプーロスが会いに見えています」

アンドレアスの親友で個人秘書のポールが、受付に来ているですって？

ポールがサラエボの領事館を訪ねてきたとしたら、理由はひとつしかない。アンドレアスがようやく離婚に応じる気になり、条件を交渉するためにポールをよこしたのだ。

一年前、ドミニクは夫に離婚を求めていた。しかし、彼はただ妻名義の銀行口座にさらにお金を振りこんだだけだった。ドミニクは今も、そのお金に手をつけていない。

その後もニューヨークの弁護士を通じて、二度にわたって離婚を求めたが、同じくなんの音沙汰もなかった。

妻のほうから歩み去られることは彼の自尊心が許さないのだと気づいて、ドミニクはついに諦めた。怒りが冷めるまで、彼は離婚に応じないだろう。

「改めて約束してくださるよう、お伝えしますか？それとも今お会いになりますか？」ウオルターに返事を促されながらも、ドミニクはほかのことを考えていた。

大切な女性ができたのね。

アンドレアスは人生をやりなおす覚悟ができたのだ。ドミニクも気持ちは同じだった。だが、彼女は夫と手を携えて前進したかった。

「ウオルター、ポールに入るよう伝えて。電話はつながないでね」

ポールが事務所に入ってくると、ドミニクは椅子から立ちあがり、机を回って彼を迎えた。

ポールは百九十センチのアンドレアスよりさらに長身だった。どちらも体格がよく、髪の色はポールが赤っぽい茶で、アンドレアスが黒だった。

アンドレアスは物に動じない誠実なポールを、身内同然に信頼し、ボディーガードを任せることもあった。思ったとおり、彼はドミニクの顔を驚いたように見なおすと、差しだした手を握った。ポールと最後に会ってから、彼女の容貌はかなり変わっていた。

一年前、ふたりのあいだには凍てつくような空気が漂っていた。それはドミニクのせいだった。彼女は心痛で取り乱し、アンドレアスが訴えられた裁判が始まる前に、裁判所から姿を消したのだ。

ポールは空港までドミニクを車で送りながら、彼女がアンドレアスと話をしないうちにアテネを発つのを思いとどまらせようとした。だが、悲しみで理性を失ったドミニクは、四カ月の結婚生活に終止符を打つことをポールに告げた。それも今では別の人生の出来事のようだ。

ドミニクは机の後ろの椅子に戻らずに、机の端に寄りかかり、腕を組んだ。「またお会いできてうれしいわ、ポール。どうぞおかけになって。なにか飲み物はいかが?」

ポールは立ったままだ。「お気遣いなく、ミセス・スタマタキス」

ミセス・スタマタキス――あまりにも儀礼的で、訂正の余地もない呼びかけ。

「一年前アテネを出てから、誰からもそう呼ばれていないのよ」ドミニクは実家に戻ったとたん、結婚指輪をはずし、旧姓で通していた。

「変わりましたね」ポールはぼそりとつぶやいた。

言いかえると、アンドレアスから逃げだした臆病で子どもっぽい女性には見えないということだ。夫と別れるという苦渋にみちた決断をして以来、ドミニクの内面と外面は劇的に変化した。ポールが個人的な意見を面と向かって言ったのは、心底驚いたからに違いない。

　アンドレアスがついに離婚する気になったのだとしても、彼からも同様の反応を引きだせるだろう。ドミニクの口元に笑みが浮かんだ。

「あなたのほうは変わらないわね、ポール」厳格な表情も黒縁めがねもあいかわらずだ。三十三歳のアンドレアスとは一歳しか違わないのに、ポールはずっと年上に見えた。今のように事務的な態度に徹しているときは、なおさらだった。

　ポールはほほえみ返さなかったが、ドミニクは自分の外見と物腰に、彼がすっかり面食らっているのがわかった。彼にいつもの威圧するような落ち着きは見られない。彼はかすかに躊躇してから、ブリーフケースを開けてファイルを取りだした。

「書類はすべて揃っています」ポールはファイルをドミニクに渡した。「ご覧になったら、きわめて寛大な提案だとおわかりいただけます。お読みになって、破線の上にサインをすれば、ミズ・ドミニク・アインズレーに戻れます」

　ドミニクはファイルを開けずに、ポールのブリーフケースに戻した。「サインをする前にアンドレアス本人に直接会いたいの。彼はどこにいるの？」

　ポールは思案するようにドミニクを眺めた。「クルーザーに乗ってます」

　今は九月。シグナス号で海に出るには最高の季節だ。「期間はどのくらい？」

一瞬、間があった。「オリンピアの気分次第です」

ドミニクの気持ちが重くなった。まだオリンピアとのつきあいが続いているのだ。その名前を耳にして、そもそもアンドレアスと別れる原因になった深い心の傷がうずいた。

「別に驚かないわ。オリンピアはアンドレアスの妹の親友だったから、彼とも仲が良かったものね。ここには彼の自家用ジェット機で飛んできたの？」

答えは明らかだったので、ポールは返事をしなかった。

「いっしょにジェット機で戻るわ」

「アンドレアスには今日戻るよう言われています」

「当然そうよね。でも問題ないわ。出張が多いから、パスポートは常に携帯しているの」それに薬もね。

ドミニクは下の引き出しからバッグを取りだした。目の片隅で、ポールが携帯電話に手を伸ばすのをとらえた。

「わたしがあなたの立場ならやめておくわ、ポール。さっき思い出させてくれたように、わたしはまだミセス・スタマタキスよ。夫は永遠の愛を誓ったのだから。今さら干渉する気はないわよね？」

アンドレアスとポールはアテネでともに成長し、生涯の友人同士だった。ポールはアンドレアスに対してそれは懇親的だった。だが、よほど驚いたのだろう、彼はいつになく落ち着きを失っていた。

「今回はわたしに手を貸してもらいたいの。ずうずうしいお願いかしら？　イオニア海に太陽が沈む前にアンドレアスに会いたいの。出発しましょうか」

ポールはドミニクの不可解な言葉の意味を理解したのか、なにも言わなかった。ふたりは受付のウオルターの前を通りすぎた。

「わたしがギリシアに発ったと、父に伝えてちょうだい。明日の朝までには予定がはっきりするから、電話をすると言っておいて」

受付係はふたりを好奇の目で見た。「わかりました」

三時間後、ボスニアからアテネに着いたふたりは、空港で待機していたヘリコプターに乗りこみ、ケファロニア島上空を飛んでいた。

ドミニクは豊かな緑や、アンドレアスと散策した金色のビーチを食い入るように見つめた。ヘリコプターが降下すると、小さな港町フィスカルドが視界に入ってきて、彼女たちを迎えた。「港にシグナス号が見えないけど」

「アンドレアスはザキントス島から出帆しています。ぼくがここに着くのは、午後遅くになると思っているんでしょう」

ギリシア時間で午後二時半だった。「好都合よ。買い物をして時間をつぶせるわ。例の夫からの〝寛大な提案〟もあることだし」

ドミニクはポールに真剣な印象を与えようと、わざと両親の家に寄って旅の用意をしないで、サラエボを出発したのだった。

買い物に出かけたドミニクは試着室でテイラード・スーツを脱ぐと、目に留まった鮮やかなアクアブルーのビキニを着た。ビキニの上には、セクシーなビーチウエアをはおった。白いレースの薄地からビキニが透けて見える。

彼女はサンダルに足を入れながら、髪を後ろで留めていた鼈甲の櫛を引き抜いた。プラチナブロンドの髪をとかしてから横分けにし、自然に肩まで垂らした。

試着室から出てきたドミニクを見て、ポールはあっけにとられていた。彼が驚いたのは、今日で二度目だった。

海のほうに視線を移すと、店を見ているあいだに入港したクルーザーが目に入った。

アンドレアスの船。自分を見た瞬間、夫がどう反応するか想像しただけで、胸が高鳴った。

慌てて買い物をすませると、ドミニクは桟橋で待つ汽艇(ランチ)に急いだ。

顔見知りのシグナス号のクルーが、ランチの舵(かじ)を取っていた。彼はドミニクたちが近づいていくのを目にすると、屈強そうな体を弾ませて桟橋に跳びのった。

「ミセス・スタマタキス」彼女が誰かわかると、彼は驚いて叫んだ。目玉が落ちないか心配になるほど目を丸くしている。彼もまた内気でおどおどしていたアンドレアスの妻の変化に、度肝を抜かれているらしい。

「こんにちは、マイロン。おひさしぶりね。お元気?」

「ええ」マイロンは不安そうにポールをちらりと見た。

「家族はみな元気? ニコはもうあなたの背に追いついたでしょうね」男性たちが手を貸すのも忘れて呆然(ぼうぜん)としているなか、ドミニクは自分からランチに乗りこんだ。

クルーザーにオリンピアが乗っていては、マイロンが困惑顔でポールに目配せしつづけるのも無理はなかった。彼の態度を見れば、アンドレアスとオリンピアは恋人同士ではないかというドミニクの疑いも、あながち妄想とは言えなかった。

アンドレアスは以前は否定していた。だが、この一年で事態は変化したのかもしれない。

「こちらです」マイロンはドミニクのあとから船に飛びのった。いかにもしまったというように大急ぎで救命具を彼女に渡す。

「ありがとう」

おそらくマイロンは、ドミニクが乗船したら起きることになる惨事を、ポールに未然に防いでほしいと思っていたはずだが、彼の心配顔を気に留める様子もなく、ポールは席についた。

数分後、ドミニクは階段をのぼって、シグナス号のいちばん上のデッキに出た。彼女が誰かわかると、またしても驚いた顔でクルーが出迎えた。

クルーザーは夫の聖域だった。わたしはそこに乗りこんだのだ。

分が悪い。

だが、わたしはまだミセス・スタマタキスなのだ。

スチュワードがショックから立ちなおって、ドミニクの乗船を歓迎しに来た。アンドレアスとオリンピアの姿はなかった。

「荷物を客用キャビンにお運びしましょうか？」

「いいわ、レオン。自分で主寝室に運ぶわ」

「ですが――」

ドミニクは早口でまくしたてるレオンをおいて、階下の主寝室に通じる階段のほうに歩いていった。

なにを目にするのか想像もつかなかったが、気持ちは落ち着いていた。この一年で、ドミニクは夫から逃げだした最大の理由は、自分の自信のなさだと気がついた。

アンドレアスはオリンピアの夫から不貞で訴えられて醜聞を流されたとき、わたしを必要としていた。彼は信じてほしいと言った。でも、わたしは心の傷と未熟さのせいで、最後まで持ちこたえられなかった。

だから、わたしはここに来たのだ。愛を信じて支えにならなかったことをどんなに後悔しているか伝え、彼の言い分を聞くために。

もしかしたら一年は長すぎたのかもしれない。だが、なにを言われてもいい覚悟はできていた。

ドミニクは足が勝手に前に進むのに任せながら、新婚時代に至福の夜を過ごした主寝室に急いだ。胸を高鳴らせてドアをノックした。返事はない。試しにノブを回してみた。

ドミニクははっと息をのんだ。優雅な寝室は子ども部屋に改装され、小さなドレッサーとおむつ替え用のテーブルが備えられていた。書き物机の前には、揺りかご式のベビーチェアがおいてあった。

ドミニクの呆然とした目は、キングサイズのベッドに投げだされたベビー毛布を見てとった。ベッドの脇には、モビールつきのベビーベッドが据えられている。

衝撃も冷めやらぬまま、ドミニクはラブソファに荷物をおくと、忍び足でベビーベッドに近づいた。

青いベビー服を着た黒っぽい髪の男の子が、背中を柵に押しつけて、ぐっすり眠っていた。

アンドレアスの息子？

手遅れだったのだ。

巨大な手に心を握りつぶされたようだった。ドミニクは抑えきれずにうめき声をもらした。その声で赤ちゃんが起きた。自分をのぞきこむ見知らぬ女性をひと目見たとたん、赤ちゃんは火がついたように泣きだした。

「だいじょうぶよ、いい子ね」

腕に抱いてあやせばあやすほど、赤ちゃんはいっそう激しく泣いた。

ふいに女性の声がした。「今行くわ、アリ」ドアがさっと開き、浅黒い肌に官能的なブルネットのオリンピアが飛びこんできた。以前にもまして美しい。手に哺乳瓶を持っている。

しかし、赤ちゃんを抱いているのが誰かわかると、オリンピアは小さな叫びをもらして立ちつくした。顔からみるみる血の気が引いていった。

ドミニクはすぐに赤ちゃんをオリンピアに渡した。彼は母親の首元に顔を埋め、力いっぱいしがみついた。「赤ちゃんを驚かせてしまってごめんなさい。まさか赤ちゃんがいるとは思わなかったの。あやそうとしたけど、かえって怖がらせてしまったみたい」

オリンピアは赤ちゃんの頬にキスした。もう泣きやんでいた。「アンドレアスを捜しに来たのね。まだアテネよ。でも、もうすぐわたしたちのところに来ることになっているわ。そうよね、アリ？」

わたしたち？

オリンピアは夫のテオのことは一言も言わない。離婚したのだろうか？　いつ？

オリンピアとアンドレアスは、かなり前から家族同然に暮らしてきたようだった。だとしたら、なぜ今まで彼は離婚の要求に応じなかったのだろう。

数カ月間、夫を信じられないという地獄の苦しみを味わった。彼は最初から信頼に値せず、別れて当然の人だったのかもしれない。

ドミニクの体は苦悩と混乱で震えた。オリンピアのほうは動揺もしていなければ、怖じ気づいてもいない。彼女の顔からは驚きが消え、まぎれもなく得意げな表情が浮かんでいた。

誰が見ても、ふたりがかつては友人同士だったとは思わないだろう。少なくとも、ドミニクは夫のために、彼女と親しくなろうといつも努めていた。

ポールはすべてを承知していながら、わたしになにも言わずにシグナス号に連れてきたのだ。主寝室に飛びこんでなにを目にするか、わかっていたのだ。

わたしが赤ちゃんを見たら、すぐに離婚の書類にサインをして、一目散にサラエボに逃げかえると思っていたに違いない。

だが、それは完全に自信を喪失していた以前のわたしの場合だ。

生まれ変わったわたしがギリシアに来たのは、アンドレアスに証明したかったからだ――わたしが自立した女性であり、人生と愛情において彼と対等な妻であることを。

だから、アンドレアスを待って、ふたりだけで話しあおう。夫の話をよく検討してから、書類にサインするか、彼の心を取り戻すか決めればいい。

ドミニクは肩をそびやかした。「お邪魔して悪かったわね、オリンピア」

「気にしないで。ちょうど昼寝から起きる時間だったの。この時間はいつもアンドレアスと遊ぶのよ」

オリンピアはアンドレアスと親密であること以外、なにも知らせる気がないらしい。ドミニクはラブソファからバッグと買い物袋を取りあげ、部屋を出た。

客用キャビンは、廊下のはずれの階段脇にあった。ドミニクは右側のキャビンに入って椅子に荷物をおいた。身を丸めて胸が張り裂けんばかりに泣きたい衝動に身を任せる代わりに、ドミニクはデッキで日光浴をしながらアンドレアスを待つことにした。きっと日没までには、事務所からヘリコプターでケファロニアに飛んでくるだろう。彼女は夫が乗船したら、真っ先に目に入るところにビーチベッドをおいた。

ポールは約束を守ってわたしが乗船することをオリンピアに知らせなかったらしい。それもシグナス号に連れてくるまでの話だ。

こうして落ち着いてみると、ポールが夫に速やかに電話をしただろうことは想像がつく。

たとえポールがなにかの気まぐれでアンドレアスに知らせなかったとしても、ヘリコプターのパイロットの噂話が夫の耳に入らないともかぎらなかった。

ドミニクはビーチウエアを脱いで、手足を伸ばした。気温は二十八度。雲ひとつない空。むきだしの肌にまんべんなく日焼け止めを塗って、横になった。

数分後、レオンが気を利かせて、サンドイッチと飲み物を持ってきた。ドミニクは心遣いに感謝し、むさぼるように食べ始めた。

アンドレアスを待つ数秒は数カ月のように感じられた。ついに太陽が海に沈んでも、彼が着く瞬間にいあわせたくて、ドミニクはその場を離れなかった。

レオンがレモネードと雑誌を持ってきてくれた。また礼を言ってから、まだ日のあるうちに雑誌を読もうと、腹這いになった。だが、日はみるみる暮れていった。

ドミニクは夫が到着しないのにひどく失望しながら、ついにビーチベッドから立ちあがり、シャワーを浴びに階下に下りていった。キャビンに戻る途中、時差ぼけのせいか、興奮のせいか、その両方かもしれないが、眠気に襲われた。少し横になって元気を取り戻すことにした。

次に気づいたときには、ドアが閉まる音が聞こえた。それから電気がついた。ドミニクはゆっくりと寝返りを打ち、意識をはっきりさせようとした。

アンドレアスが淡い青の麻地のビジネススーツを着て、クイーンサイズのベッドの脇に立っていた。黒々とした眉の下の黒みがかった鋭い目が、彼女を見下ろしていた。

ドミニクは一年ぶりに夫を目の当たりにして、息が止まりそうになった。

浅黒いハンサムな顔は以前より引き締まり、渇望の色が見える。精悍な頬は落ちくぼんでいた。伸びかけた髭のせいで、顎のくぼみがいっそう目立っているものの、官能的な口元は変わっていない。少し痩せたようだが、いずれにしても魅力を増していた。

わたしは彼が到着する瞬間を見逃してしまった。待ちわびていた貴重な瞬間を。

デッキで彼の不意をつくはずが、ビキニを着たままベッドで熟睡しているところを見られてしまった。

「もし驚かせようとしたなら、成功だ」かすかな訛のある低い声には、苛立たしさが感じられた。

ドミニクはベッドから下りて、立ちあがった。

「わたしがいることを、誰からも聞かなかったの？」

「きみが客用キャビンにいると、オリンピアから聞くまではね」

やはり、最初に彼女のところに行ったのだ。

アンドレアスがどこにいようと、彼女はいつでも近くにいた。

「ポールはどこ？」

「キャビンで眠っているんだろう。もう十二時近い」

「そんな時間とは知らなかったわ」

「そのようだね。どうしてわざわざ来たんだ、ドミニク？　きみはもう自由の身だ。二度とギリシアの土は踏みたくないものだと思っていたよ」

ドミニクは正面から夫を見た。「書類にはサインしていないわ」

アンドレアスは首を傾げた。「お金かい？　きみが要求する金額を渡すよう、ポールに言ってあるが」

「お金がほしいわけじゃないわ」

「それならなんだい？　アテネのペントハウスか？　ザキントスの別荘か？　ぼくが知らない財産に目をつけているのか？　シグナス号か？　口に出せば、すべてきみのものだ」

その言葉はドミニクの胸を引き裂いた。「わたしがそんな人間じゃないことくらい、わかっているでしょう」

アンドレアスは冷ややかに口元を曲げた。「わかっているつもりだったがね」

「聞いて、アンドレアス」ドミニクは思わず両手を広げていた。「わたしが出ていったとき、どんなに憤りを感じたか、気持ちはわかるわ――」

アンドレアスがはっと息をのむ音が聞こえた。

「いや、きみにはわからない」静かで冷酷な声だった。「長いこと、自分でも怖くなるほど激怒していた。人づきあいもできないほどにね。だが、ありがたいことに、もう過去のことだ。きみが完璧な女性に変身し、視界に入るすべての男性の視線を釘づけにするのを見せびらかしに来たのだとしても、意味はない。率直なところ、かつてぼくを心のよりどころのように見つめた、紫の瞳をした頼りない女性のほうがずっと好みだね。彼女はもういない。だが、生まれかわったミズ・アインズレーには敬意を表するよ。望むものはなんでも、ポールに言ってくれ。明朝、彼をきみのところに行かせるから、書類にサインすればいい。これで二度と会う気はないことが、はっきり伝わったならいいが。さようなら、ドミニク」

2

アドレナリンが噴きだすのを感じながら、アンドレアスは支離滅裂な感情の嵐をどこかで鎮めなくてはならないと思った。だが、ドミニクが魅惑的な過去の亡霊のように現れ、どんな状況を引きおこしたか、クルーに詮索されるのだけは避けたかった。

悪夢のような十二カ月間、四六時中、ドミニクに悪態をついてきた。だが、彼女があいかわらず病魔に打ち勝っている姿を見て、喜びを感じなかったと言えば嘘になるだろう。

別居中、がんが再発したのではないか、だから連絡を取ろうとしないのではないか、と心配になったこともある。

オリンピアからドミニクが乗船していると聞いたとき、彼は耳を疑った。

客用キャビンのドアを開け、童話に出てくる王女のように広げた髪が、ランプに照らされて繊細な光を放つのを見ても、まだ信じられなかった。

アンドレアスは胸を高鳴らせて、なにも知らずにベッドに横たわる美しく、豊かさを増した体をじっくりと眺めた。結婚指輪ははずし、以前には決して着ないタイプの水着を身につけていた。

ポールのやつ、覚えてろよ。

怒りに促されるようにして、友人のキャビンをめざして廊下を急いだ。ドアをノックする。

「どうぞ。来ると思っていたよ」

ポールはテーブルの前に座り、ノート型パソコンで仕事をしていた。めがねをはずすと、アンドレアスがドアを閉めてそこに寄りかかるのを見た。

友人がドミニクとの結婚に賛成していなかったことは、言わなくてもわかっていた。ポールが言葉にする必要はなかった。ぼくたちはお互いの心が手に取るようにわかるのだから。アンドレアスはそう信じていた。

「どうして彼女が船にいるんだ、ポール？」

「まだきみの奥さんだし、協力をお願いされたものでね」

「どうして言いなりになった？」

「きみが離婚の要求に耳を貸さなかったことを思えば、小さな願いだと思ったからだよ」

アンドレアスは唇を引き結んだ。「おかげでなにが起きたと思う？　オリンピアが、アリを抱いている彼女と鉢あわせしたんだ」

ポールはパソコンを閉じた。「それがどうしたというんだ。ドミニクとは離婚するんだろう？」

ポールのやつ、覚えてろよ。

「明日の朝いちばん、書類にサインをもらい、彼女を船から送りとどけてほしい。彼女が船から下りたら、書類をぼくに届けてくれ。無理なお願いか？」

友人はアンドレアスを批判的な目で見た。「いや」

アンドレアスが姿を消してしばらくたっても、キャビンにいると怒りの炎でじりじりと焼かれるような気がした。

ドミニクはシャワー室に走り、お湯の蛇口を全開にした。こうすれば、誰にも泣いているのを聞きとがめられないだろう。きっとお湯の流れる音がかき消してくれる。

彼女は髪を洗うと、タオルで体を拭いて、先ほど買ったバスローブをはおった。彼女はすっかり目がさえて気分が落ち着かない。気がつけば、舷窓から暗い海を眺めていた。

今夜、アンドレアスはわたしを見ても、なんの喜びも感じなかったようだ。彼は遠い目をしていた。まるでザキントスの別荘の前で事故に遭い、彼に助けられたかつてのわたしを捜しているような。

二年と二カ月前、ニューヨーク大学の三年生を修了したドミニクは、病院で定期検診とマンモグラフィ検査を受けた。その検査で乳がんが見つかった。すぐに外科手術を受け、そのあとは化学療法と放射線療法が続いた。

旅に出る体力が戻ったころ、ドミニクと母はサラエボにいる父のところを訪ねた。父は米国国務省に勤務していた。

ドミニクはこの地で、体力をつけるために積極的に運動を始めた。そしてボスニアとギリシアで開かれるマラソン大会に出場するまでに体を鍛えあげた。

イオニア海のザキントス島で毎年開催される十五キロマラソンのことを聞き、ドミニクは出場することにした。だが、父と母は反対した。ドミニクは百六十五センチの身長に対して、体重は四十三キロしかなかった。医者からは将来の妊娠に備えて、体重を増やすよう助言されていた。

ひどく心配する両親に、ドミニクはレースが終わったら、マラソンはほどほどにして、体重を増やすことに専念すると約束した。

ドミニクはマラソン仲間ふたりとザキントス島に飛び、レースに出場した。コースの半ばを過ぎたころ、彼女は壁をめぐらせた私有地の前を通りかかった。カーブを回ったところで、一台のトラックがふいに飛びだし、横から衝突してきて、彼女は意識不明になった。

アンドレアスは事故を目撃していた。別荘にドミニクを運びいれ、医者に電話をしたのは彼だった。彼は止血しようと、彼女の血にまみれて破れたTシャツと人工乳房入りのスポーツブラを脱がせた。

意識が戻ったとき、ドミニクの目に映ったのは、見たこともないほどハンサムなギリシア人男性だった。優しい表情を浮かべた黒っぽい瞳が彼女を見下ろし、ほほえみかけ、もうだいじょうぶだと訴えかけた。医者の診察がすんで、アンドレアスから助けられたことを聞かされるまで、失った胸を見られたことには気づかなかった。

アンドレアスがなぜ喜びを運んできた天使を見るような目で自分を見つめるのか、ドミニクにはわからなかった。そのときの彼女はスカーフをなくして、五センチにも満たない哀れな髪をむきだしにしていた。最後に受けた化学療法からだいぶたつが、まだ髪は伸びていなかったのだ。

アンドレアスは大柄のたくましい男性で、体重はゆうに九十キロはあった。ドミニクは痩せこけて、体重は彼の半分にも満たない。体は血まみれで汚れ、まめまめしく世話を焼く彼に気おくれして、目の前から消えてしまいたかった。

なぜそんな話になったのかわからないうちに、アンドレアスはドミニクの両親を別荘に招待していた。彼女が脳しんとうから快復してサラエボに戻れるようになるまで、両親は数日間滞在した。

ドミニクが両親の家に戻ると、その夜にアンドレアスは飛行機でサラエボに駆けつけた。母は彼を家に招待した。一晩だけのはずが、一週間になった。両親はすっかり彼のファンになった。

ドミニクはアンドレアスに密かに憧れていた。彼は並はずれた存在だった。ビジネス界で成功し、ギリシア全土にその名を轟かせていた。十歳も年上で、洗練され、経験豊かな男性——ドミニクには隣の惑星のように手の届かない存在だった。

ドミニクがいつがんが再発するかわからないと言っても、アンドレアスはまったく取りあわなかった。ふたりは数カ月後、アンドレアスの家族が通うアテネの教会で結婚式を挙げた。アンドレアスは祭壇で、〝神に与えられた生涯をともに生き、享受する〟とささやいた。

アンドレアスの両親は結婚式に列席したが、ドミニクは冷淡な印象を受けた。彼が言うには、二年前の悲惨な交通事故で妹のマリスが亡くなってから、両親は立ちなおれずにいるのだという。

ドミニクは彼の説明を受けいれはしたが、内心、自分を責めずにはいられなかった。ふたりが気に入らないのはこのわたしなのだ。彼の両親が祝いの席で気乗りしない様子に彼女は傷ついた。

その後まもなく、新婚夫婦は五月と六月のふた月をシグナス号で航海し、長いハネムーンを楽しんだ。ふたりは想像もできないほど甘い夜を過ごした。

アンドレアスは優しく愛をささやき、ときには悩ましくなるほどじらした。歓喜にみちた夜のあと、今度は高カロリーのおいしい食事で彼女を誘惑した。子どもがほしかったので、ドミニクを太らせようとしたのだ。

ときおり、結婚したばかりのオリンピアとテオ・パノスを招いて、船でともに過ごした。オリンピアはマリスとは幼いころからの親友で、アンドレアスとは長いつきあいだった。彼は亡き妹の親友にひとかたならぬ親しみを感じていた。

アンドレアスは妹とつながりの深いオリンピアとのつきあいを楽しんでいるようだった。それでドミニクはときたま週末にオリンピア夫妻を招待してはどうかと、夫に提案した。彼と同年輩のテオは、業績のいい繊維会社を経営し、人の気をそらさない愉快な人だった。ドミニクは彼が大好きになった。

オリンピアは夫たちの前ではドミニクに対して親しげに振る舞ったが、本当の友人になるような温かみを感じさせることはなかった。

結婚式の前、オリンピアはドミニクとふたりきりになると、夫のテオがあなたと結婚するアンドレアスを勇気があると思っているのよと言ってきた。彼によれば、ドミニクの問題に対処できる男性はそう多くはないからだという。

そのとき、ドミニクは輝くばかりに幸せだったので、オリンピアの言葉に棘を感じないようにした。いや、がんと診断されたからといって、自分を哀れむような情けない気持ちになるのはいやだった。

それに病気にならなかったら、走ることもなかったし、存在のすべてをかけて愛する男性に出会い、助けられることもなかっただろう。

ザキントスに戻ってからも、ふたりのハネムーンは続いた。そしてアンドレアスが仕事に戻らなくてはならない八月がやってきた。その後アテネでの暮らしが始まってからは、徐々に幸せにひびが入り、ついに結婚生活は空虚なものになった。

ある夜、アンドレアスが明日まで帰れないと会社から電話をしてきた。驚いたことに、彼は理由を打ちあけようとはしなかった。

それから二週間、アンドレアスは彼を待つドミニクのベッドに入ってくると、彼女を荒々しく抱くようになった。だが、彼をここまで変えるようなことはなんなのか、妻に伝えようとはしなかった。ただ信じてほしいと言うだけだった。

ある夜、ドミニクは不安に耐えかねて、なにがあったのか夫を問いつめた。

アンドレアスはベッドから起きあがり、ドミニクをじっと見下ろした。「きみを守りたかったが、きみには知る権利がある。テオがぼくを告訴したんだ」

「あんなに仲が良かったのに、どうしてそんなことを？」

アンドレアスは口をきつく結んだ。「いや、もともと仲は良くないよ。テオは、ぼくとオリンピアの関係にいつも嫉妬していた。今度はぼくと彼女を不貞の罪で訴えたんだ」

「どうしてテオはそんなふうに思うようになったの？」

アンドレアスは妻の顔を長いあいだ見つめていた。「何週間か前、ぼくのアパートメントにふたりでいるところを、テオが見つけたからだ」

ドミニクは心臓が止まりそうになった。「アパートメント？」

「取引相手が泊まるときのために、繁華街のプラカに借りているんだ」

「わたしには言わなかったのね？」

「わざと隠しておいたわけではないんだ、ドミニク。なにしろ出張のために、ギリシアのあちこちに部屋を借りているしね」ドミニクが思いがけない話にうめき声をあげると、アンドレアスは些細なことだと取りあわず、こう言った。「オリンピアとは、テオが思っているような関係ではない。誓ってもいい。だが、今はまだ話せない。きみを愛しているのはわかっているね」彼はドミニクに手を伸ばして、きつく抱きしめた。「死ぬまで変わらないよ、愛する人（アガペ・モウ）」

確かに、彼が愛しているのはわかっていた。妻を愛しながらも、愛人との関係を陰で享受している男性が大勢いるのもわかっていた。

オリンピアはドミニクより七歳年上だった。美しく、豊かな体つきをした意志の強い女性だ。彼女がアンドレアスを長年英雄視してきたことに、ドミニクは気づいていた。

だが理性的に考えれば、もし彼がオリンピアと結婚したかったら、わたしがマラソンでアンドレアスの別荘の前を通りかかる前にできただろう。

それならなぜ、彼は気持ちが変わったのだろう？ わたしの体の傷跡が興ざめだと、今さら気がついたの？ それとも同情するあまり、わたしに離婚を切りだすのを待ったの？

わたしの体が魅力的ではないから、やはりオリンピアと結婚するべきだと思ったのかもしれない。

ドミニクは舷窓から目を背けた。

もうアンドレアスの頼りない幼妻ではないかもしれないが、妻という立場に変わりはない。彼が離婚をためらっていた理由が同情ではないとしたら、テオが関係している可能性が高い。テオがオリンピアを解放するのを、アンドレアスは待っていたのかもしれない。テオもまた誇り高きギリシア人だった。

テオは裁判で深く傷ついた。そのせいで、アンドレアスとの情事を暴露して妻を苦しめ、一方では妻をつなぎとめておきたかったのかもしれない。もしアリがアンドレアスの息子だとしたら、テオが正気を失うほど苦しんだだろうことは明らかだ。

ドミニクが子どもの存在に衝撃を受けたことは否めない。だが、ギリシアに戻ってきたのは、夫を信頼しなかった自分を許してもらうためだ。もし今逃げだして、アンドレアスになぜかつての夫婦の寝室にアリとオリンピアがいるのかを説明してもらう機会を逸したら、この一年間でなにも学ばなかったことになる。

今度は不屈の精神で闘い抜こうと決め、ドミニクは眠りが訪れるのを願って、布団のなかに潜りこんだ。

いつしか枕元（まくらもと）の電話が鳴り、熟睡から現実に引き戻された。驚いたことにもう朝だった。「どなた？」

「ポールです。お部屋にうかがってもいいですか？」

「もちろんよ」

「では五分後に」

ドミニクは着替えるためにベッドから飛びだした。新しい下着をすばやく身につけ、カーキのショートパンツと深紫色のコットンのノースリーブ・シャツを着た。

ポールのノックが聞こえたころには、髪をブラシでとかし、フロスティピンクの口紅をつけていた。

「どうぞ入って、ポール」ドミニクはドアを大きく開けた。彼は昨日の朝、ブリーフケースから取りだした書類を持っていた。「おかけになって」

ドミニクは荷物を買い物袋につめ始めた。彼女はポールの視線を感じた。彼がなにも言わないので、自分から話を切りだした。

「あなたを煩わせたくないから言うわ。アンドレアスが離婚を承諾するまでには時間がかかった。わたしも考える時間が必要だとわかったの。だから、まだサインをするつもりはないわ」

「サラエボですぐにサインをされなかったので、察しはついていました」

ドミニクはうなずいた。「アンドレアスは、お金でも不動産でも望むものはなんでも持っていっていいと言ったわ。だから、次に連絡があるまでは、ザキントスの別荘に滞在することにしたの」

アンドレアスは激怒するに違いない。うまくいけば、彼が追いかけてきて、ふたりだけで話しあう機会が持てるだろう。

「ヘリコプターを手配していただいたら、いつでも出発できるわ」

「ヘリは待機しています」

当然だ。朝になったら出ていってほしいと、アンドレアスは言っていた。

ポールは立ちあがった。「朝食はとらなくてもいいんですか?」

「ええ。あとで考えるわ」

ドミニクは荷物に手を伸ばし、ドアから出ていった。ポールはあとからついてきた。

静まりかえる船内を、ふたりは最上デッキに上がっていった。まだ朝の七時半だ。今日もいい天気になるだろう。ドミニクはコバルトブルーの海上に浮遊するランチを見つけ、左舷のほうに歩きだした。

ドミニクが階段の最下段にさしかかると、ポールが彼女のバッグを取りあげ、マイロンがランチに乗るのに手を貸してくれた。マイロンは彼女に救命具を渡し、エンジンをかけた。ランチは近景の岸をめざした。

桟橋に着くと、ポールはわざわざドミニクの荷物を持ち、ヘリコプターまで送ってくれた。

ドミニクは断固として振り返らなかった。彼女はがんとの闘いで多くを学んでいた。

今日まで生きながらえていることが、信じられないときもあった。だが、奇跡が起こって壮絶な化学療法を耐え抜いた。枕から頭を上げることすらできないほど体は衰弱していた、あの忘れてしまいたい日々。

今のドミニクは健康を取り戻し、精神力が試されるもうひとつの闘いに挑む気構えができていた。

ポールに礼を言おうと振り向くと、驚いたことに彼もヘリに乗りこんできた。

「ここからはひとりでだいじょうぶよ。アンドレアスがあなたを待っているわ」

ポールはパイロットの後ろの席でシートベルトを装着した。「あなたの無事を確かめるために、ぼくもいっしょに行きます」

なぜかはわからないが、ポールはいつもの流儀をはずれて、手を貸してくれようとしていた。

「感謝するわ」

ドミニクは副操縦士の席に乗りこんだ。

まもなくシグナス号は青い海の小さな点になった。またアンドレアスのもとから飛びたっていくと思うと、ドミニクは胸に鋭い痛みを感じた。だが、今度は彼の人生からではない。それはまだだ。彼女は永遠にそうならないことを願った。

ドミニクはデジャヴの感覚を覚えながら、イオニア諸島最大の島、ザキントスをめざして南下するヘリから、懐かしい景色をじっと眺めていた。やがて島が視界に入ってきた。

アンドレアスから聞いた話では、島を三百年間支配していたベネチア人は、ここを東洋の花と呼んだそうだ。

島の東側には植物が豊かに茂り、たわわに実をつけたオリーブや柑橘類(かんきつるい)の木々が美しい砂浜の近くまで繁殖していた。西側には山並みが広がり、切りたった白い崖(がけ)が海に面していた。

アンドレアスのモダンな白い別荘は、人口のまばらな北側にひっそりと立っていた。この島の北側には、もっとも険しい崖が張りだし、真下には息をのむような難破船の砂浜(シップレック・ビーチ)とクリスタルブルーの海が広がっている。

まもなく別荘の敷地や楕円形(だえんけい)のプールが見えてきた。岩山に羽を休めに来た鷲(わし)のように、ヘリは一分の狂いもなくヘリポートに着陸した。

ドミニクはポールを振り返った。彼はあとからヘリを降りると、荷物を手渡した。「わかっているわ。アンドレアスに逆らって、手を貸してくれたんでしょう。親切にしてくれてありがとう」

一瞬、ポールがなにか言おうとして、やめたのがわかった。パイロットがいては、胸の内を打ちあけるよう促すことはできなかった。

遠くにエレニの姿が見えた。アンドレアスの別荘の使用人を管理している家政婦だ。彼女は東玄関から、あいかわらず高齢を感じさせない颯爽とした足どりで出てきた。

ドミニクはエレニのほうに歩きだした。少し近づくと、白髪の家政婦はドミニクだとわかってくれた。彼女は驚いて両手で顔を覆った。驚いた声を出す。

「おはよう、エレニ。お元気？」

「あなたがいらっしゃることを、スタマタキスさまからうかがっていませんが」

「彼はまだ知らないけど、だいじょうぶよ。ポールが連れてきてくれたの」

エレニはドミニクをまじまじと見つめた。「お変わりになりましたね」

「あなたが看病した傷だらけのマラソン走者とは別人のようかしら？　親切にしてもらったこと、特に最初の数日間のことは、忘れたことがないわ」

家政婦の表情が和らいだ。「事故のあと、具合が悪かったですものね」

「もうだいじょうぶよ」

「がんは退散しましたか？」

ドミニクはうなずいた。「うまくいけば、永遠にね」

「ここにはどのくらい？」

「まだわからないの」

そのとき、ポールがギリシア語でエレニになにかを伝えた。ドミニクは早口の会話にはついていけなかった。

なにが明らかになったにしろ、エレニはそれ以上なにもきかなかった。「いらしてください」

彼女はドミニクの手から荷物を取りあげた。「事故のあと、スタマタキスさまがあなたを運びこんだ青の間にお連れしますわ」

もしエレニなりに、ドミニクが主寝室でオリンピアやアリの形跡を目にして不快な思いをしないよう気を遣ったのだとしたら、その優しさに感謝せずにはいられなかった。

ドミニクとポールは家政婦のあとについて、アンドレアスとこのうえない幸せを知った屋敷に入っていった。ふたりはここで恋に落ちた。

この環境でなら、アンドレアスがわたしのところに来て、怒りを解きはなち、本当の意味で話しあうことができるかもしれない。今のところ、それだけが望みだった。

「アテネに出発する前に、なにかご用はありませんか？」

ドミニクはくるりと振り返って、ポールと向きあった。「クルーザーにまっすぐに戻らないの？」

「ええ。仕事がありますから」

「わたしもなの。いっしょにアテネに飛んでもいい？」

ポールはまばたきした。「今日ですか？」

「ええ」

これ以上時間が過ぎる前に、いくつかの重要な点をはっきりさせておきたかった。ドミニクの疑問に答えられるのは、テオをおいてほかにいない。

「ちゃんとした服に着替えてくるから、待っていてもらえる？」

「もちろんです」

青の間に行くのに、エレニの手を煩わせる必要はなかった。ドミニクはひとりになると、すぐに前日買ったカフェオレの渦の模様のついた白いサンドレスを着た。

玄関広間のポールのところに行くと、ドミニクはエレニのほうを向いた。「状況によるけど、今夜か明日には戻るわ」

「かしこまりました」

「さあ行きましょう、ポール」

アンドレアスは腕時計を見ながら、顔をしかめた。もう正午だった。ポールが連絡してきてもいいころだ。彼は書斎の机から立ちあがり、ポールのキャビンに向かった。

キャビンにポールはいなかった。ドミニクに手を焼いているのだろうとアンドレアスは考えた。

アンドレアスは厳しい表情を浮かべ、ドミニクの姿を見ても決して心を乱すまいと覚悟を決めて、彼女のキャビンをめざした。ノックもせずに、室内に入った。

誰もいない。

ベッドメイクはまだで、彼女が一晩過ごした形跡が残っていた。アンドレアスはそこに横たわるドミニクの姿と女性らしいぬくもりを想像しまいと、必死で闘った。

ふたりはどこに行ったんだ？

部屋を出ていこうと踵(きびす)を返しかけると、テーブルの隅に置かれた書類の入ったファイルが目に留まった。アンドレアスはなかの書類を手に取った。ドミニクはまだサインしていない。

ポールはどこにもいなかった。

アンドレアスは息を吸って、携帯電話を置いてきた書斎に引き返した。パイロットにきけばわかるだろう。

携帯電話をかけるとパイロットがこう答えた。

「まずザキントスに飛びました」

　まずだって？

　アンドレアスは静かに悪態をついた。

「ポールはどこなんだ？」

「ミスター・クリストプーロスはアテネに向かいました。直前になって、ミセス・スタマタキスも同行することになりました」

　アンドレアスは眉をひそめた。「ふたりを空港まで送っていったのか？」

「いいえ。あなたの事務所ビルまでです。奥さまは街に用事があるとのことです」

　なんの用事だ？

　アンドレアスは顎を引きしめた。「わかった。フィスカルドまでヘリを戻して、ぼくを拾ってくれ。そこで待っている」

「承知しました」

　アンドレアスは携帯電話をポケットにしまい、書類をまとめると、デッキにオリンピアを捜しに行った。彼女はビーチベッドの端に座り、アリがキルトに寝ころがって、おもちゃで遊ぶところを見守っていた。

　オリンピアは期待にみちた目で見つめた。「彼女は離婚の書類にサインした？」

　アンドレアスは海に目を向けていたが、なにも目に入っていなかった。「いや」

「なぜかわかるわ」

「ぼくは皆目わからないよ」アンドレアスは両手をきつく握りしめた。

「彼女は離婚を要求したとき、はっきりと財産はいらないと言っていたわよね。でも、きっと気持ちが変わるようななにかがあったのよ」

「いったいどんなことが？」

「例えば、彼女は明らかに乳房再建手術を受けているわ。相当な出費だったはずよ。ほかの理由も考えられるわ。あんなに若くにがんを患ったとなると、再発の可能性が高いと医者から言われているはずよ。予防のためにもうひとつも手術したほうがいいと言われているかもしれない。だとしたら、もっとお金が必要になるわ」

オリンピアに心のなかの恐怖をかきたてる部分に触れられ、アンドレアスはすくみあがった。

「もしがんが広がったら、さらに苦難の道が待っているでしょうね。医療費が積もり積もって、莫大な金額になるかもしれないわ」

アンドレアスの胸に不快なものがこみあげてきた。

「彼女が欲得ずくではなく、お金をせびったりしないことは、わたしたちも知っているわよね。彼女は自尊心が高すぎるのよ。まあ、そうでなかったら、証言も聞かずに裁判所から出ていったりしないわ。あなたを捨てたのは、未熟さの現れだわ。でも、彼女の年齢を思えば、不思議ではないけれど」

ぼくはドミニクに捨てられた。その記憶は腐食作用のある酸のように、心を蝕んでいた。

「あなたがようやく離婚を承諾したと聞いたとたん、彼女は狼狽したんだと思うわ。たぶん今後のことを考えて、医療費の手だてを講じるつもりなのよ。これからずっと病院に通い、化学療法や手術を受けつづけることを想像してごらんなさい」

オリンピアの言うように、ドミニクが別の手術を受けなくてはならなくなったが、言いだせずにいるとしたら、どうしたらいいだろう。

「そういえば、両親の負担になるのがどんなに心苦しいか、言っていたわ」オリンピアはアンドレアスの心がどれだけ熱りたっているか、気づいていなかった。「お父さんは政府の職員で月給とりだから、今にして思うと、あなたに経済的な援助を求めるしかないことに気づいたんだわ。最初に離婚を要求したときには考えつかなかったのね。でも一年が過ぎて、今後の手術のこともあるわ。度重なる医療費の支払いで、自分の不安定な立場を思い知ったのね」

「もうその話はしたくない」

「それはそうでしょう。でも、否定しつづけても、真実はどこへも行かないわよ、アンドレアス。彼女は小心者だったわ。きっとあなたにがんのことを言いだせないのよ」

オリンピアは思いのほかよく理解していた。ドミニクは自分の健康の話題になると、ぼくを寄せつけなかった。彼女が心を閉ざさないように、ぼくは細心の注意を払わなくてはならなかった。

だが、そんな日々はもう過去のことだ。

「アテネに行く」

「いくらあなたが捜しても、隠れようと思ったら、隠れられるわ。わたしといっしょに船で待っていたら？　覚悟が決まったら、自分からここに来るわよ。彼女がどんなに気が小さいか、よく知っているでしょう。きっとどこかに隠れて、またあなたに近づく勇気が出るのを待っているのよ」

「もう十分待ったよ」オリンピアはいつでも彼の味方だった。だが、今の話はもちろんのこと、なにかの助けになるとは思えなかった。

次の瞬間、アンドレアスはマイロンに電話をかけ、岸に渡してほしいと伝えた。

彼はランチで桟橋に着くと、すぐにポールに電話を入れた。返事は留守番電話の声だった。小声で悪態をつくと、村に行き、コーヒーを飲みながらヘリを待った。

コーヒーを飲みおえようとするところに、電話が鳴った。アンドレアスは発信番号を確かめてから、通話ボタンを押した。

「いったいどうしたんだ、ポール？」

「きみのためなら、なんでもしようとずっと思ってきたよ、アンドレアス。だが、きみの妻のことに関してはお手上げだ。首にしたかったら、してくれていい」

アンドレアスは受話器をきつく握りしめた。「彼女はどこなんだ？」

「わからない」

「具合が悪そうだったか？」

「具合？」長い沈黙が流れた。「いや。だが、彼女が本音を隠す名人だと知っているだろう」

アンドレアスは深く息を吸った。「アテネにどんな用事があるかを突きとめるのが、きみの仕事だったはずだ！」

「ぼくは彼女の夫ではない」

アンドレアスは天を仰いだ。「ドミニクはどうやってきみを悩ませたんだ？」

「おそらく、きみが悩まされたのと同じようにだ」

アンドレアスは電話が切れる音を聞いた。

ポールがいつもドミニクの話題になると口を閉ざすのには、困惑させられてきた。かなり前に、ドミニクが十歳も年下の外国人だから、彼の妻にはふさわしくないと思っているのだろうと思いこんでいた。だが、サラエボに行って以来のポールらしからぬ振る舞いは、その思いこみを一掃した。

アンドレアスが葛藤に悩まされているあいだに、ヘリが姿を現した。彼はコーヒー代を払うと、タベルナのテラスから太陽の下に出ていった。

オリンピアと話してから、不快な気分が晴れず、アテネの事務所ビルのヘリポートに着いたことすら、ほとんど気がつかなかった。

「ミセス・スタマタキスはこれからどうするか、きみに話さなかったか？」

「いいえ。ミスター・クリストプーロスにおききになっては？」

「とにかく彼女が電話してきたら、知らせてもらいたい」アンドレアスはパイロットに告げた。

数分後、アンドレアスはまたパイロットに電話をした。「別荘に送ってもらいたい」

もしオリンピアの言うとおりなら、ドミニクは別荘で勇気をかきあつめて、船に戻ってこようとしているだろう。こちらから出かけていって、その手間を省いてやろう。

これから一時間もたたないうちに、対決を果たすのだ。関係が始まって以来、どちらも避けつづけてきたある悲痛な問題に、ドミニクを直面させなければならない。

3

パノス・テキスタイルズ社は、アンドレアスの事務所が入ったシンタグマ・スクエアの近くにあった。ドミニクがタクシーの運転手に料金を払い、足早にビルの一階に入っていくと、受付係が出迎えた。

「テオ・パノスにお会いしたいのですが」

「お約束はなさっていますか？」

「いいえ。彼の秘書とお話しさせていただけないでしょうか？」

「お名前は？」

「ドミニク・スタマタキスです」

スタマタキスと聞いただけで、受付嬢は目を見開いて、ただちに電話を入れた。まもなくドミニクは最上階に通された。

エレベーターから降りると、テオ本人が待ちかまえていた。彼もまた黒っぽい髪の持ち主だが、背丈や体格はアンドレアスにはおよばなかった。

テオは落ち着いた表情で、ドミニクをしげしげと見つめた。「羽化した蝶のようだ。とてもきれいだよ、ドミニク」

「ありがとう、テオ。急な話なのに会ってくれて感謝しているわ」

「また会えるとは、思いもしなかったよ。誰にも邪魔されないぼく専用のオフィスで話を聞こうか」

ドミニクはつづき部屋に通されて、座り心地のいい革のソファに腰を下ろした。「なにがあっても、ギリシアに戻ることはないと思っていたわ」

テオはバーのほうに歩いていった。「シェリー酒でもどうだい？」

「いいえ、結構よ」

「ペリエも？」

「ええ」

「では、なぜまた敵の陣地にやってきたのか、聞こうか。ご主人はここに来たことは知っているのかい？」

「いいえ。ここにはわたしの意思で来たの」

テオは椅子に深くもたれた。「話を続けて」

「オリンピアとはどうなったのか、知りたくて」

ドミニクの質問がテオに衝撃を与えたらしく、彼の眉間にはっきりと皺が寄るのがわかった。「知らないのかい？」

ドミニクはかぶりを振った。「冒頭陳述が終わったら裁判所を出て、そのままサラエボ行きの飛行機に飛びのったの。だから裁判の結果は知らないわ。なにも知りたくなかったのよ。実家に戻るとすぐに、離婚の書類を弁護士を通じて何度か送ったわ。でも、アンドレアスのサインはなかった」

「彼はずっと離婚を拒んでいたのかい？」テオは信じられない面持ちで尋ねた。

「ええ。二日前、ポールをサラエボによこすまでは。どうやらもう自由になりたいみたい。わたしはポールといっしょに飛行機で戻り、サインをする前にアンドレアスと話をすることにしたわ。驚いたことに、シグナス号には、オリンピアが赤ちゃんを連れて乗船していた。彼女はなんの言い訳も説明もしなかった。もうすぐアンドレアスが戻ってくると言う以外、なにも言わないのよ。それでなにがあったのかききたくて、こうしてあなたのところにお邪魔したの」

　テオは身を乗りだした。「裁判を起こして、ご主人の名誉を台無しにしたこのぼくを信じるというのかい？」

「ええ。いつもあなたを信じていたし、わたしたちは友人だったでしょう？　すべてを公にするようなつらい選択をしたのは、それだけオリンピアを愛していたからだと思っているわ。お願い、テオ。なにがあったのか教えて」

　テオは顔を皺だらけにした。「オリンピアのことは、何カ月も会っていないからわからない。裁判のことなら、彼女もアンドレアスも情事があったことは認めていないよ。彼女はプラカで買い物中に具合が悪くなったと証言している。ぼくが街にいなかったので、アンドレアスに電話をすると、彼が借りているプラカのアパートメントで待つように言われた。実はぼくは街にいないと、彼女に嘘をついていた。気づかれないように彼女を尾行して、ふたりがいっしょにいる現場を押さえたんだ。彼女はアンドレアスのベッドのなかだった。裁判官はぼくの証言を聞きいれ、根拠の薄いふたりの弁明を信じなかった。最終的には離婚が認められた。以来、オリンピアは独身だ」

　今度はドミニクが衝撃を受ける番だった。オリンピアが離婚して一年たっているのに、どうしてアンドレアスは今まで離婚する気にならなかったのだろう?

「当時、オリンピアの妊娠は知っていたの?」

「ああ」

勇気を振り絞って、ドミニクは尋ねた。「アリの父親は誰?」

「ぼくだ。赤ん坊が生まれてから、DNA鑑定をして、ぼくが父親だと判明した」

予想外の新事実が全身を駆けめぐり、ドミニクは安堵で体の力が抜けた。「それが真実なら、もしかしたら――」

「それはない!」テオの剣幕にドミニクも信じるしかなかった。「あとから考えてみれば、オリンピアがぼくと結婚したのは、アンドレアスが手の届かない存在になったからだ。ずっと前から、彼に深い思いを抱いていたのは明らかだ。彼女は否定しつづけていたが、ぼくは信じたことはなかったよ。そして動かぬ証拠をついに手に入れたんだ」

テオにいっしょにいるところを見られたことは、アンドレアスも認めていた。

〝テオの考えているようなことではないんだ〟

もし本当に誤解で、ほかに理由があったとしたら?

「アンドレアスはオリンピアが食あたりを起こしたのだと証言して弁明したが、ぼくはこの目で見ているんだ。彼女は元気そのものだった。偽りの夫婦として一生暮らすつもりはなかったから、ぼくは裁判を起こした。裁判中に妊娠が判明し、赤ん坊が生まれるまでDNA鑑定はできないから、裁判官はぼくに有利な判決を下し、オリンピアにささやかな金額を支払って離婚することを認めた」

「わかったわ。それでアンドレアスは?」

「彼には慰謝料は請求しなかったよ。名誉を傷つけただけで十分だ」

ドミニクは身震いした。テオの声は冷酷に響いたが、彼が耐えてきたことを思えば当然なのかもしれない。

妻がほかの男性――それも親しい友人のベッドにいるところを見て、どんなに深く傷ついただろう。完全に裏切られた気持ちになっても不思議はない。

「最悪のことを想像しても非難できないわ、テオ」

「ありがとう、ドミニク。正直言って、アンドレアスと別居したきみの強さに感心していたんだ。病気で苦労してきたことを思えば、当然のことだが」

「オリンピアから聞いたけど、あなたは、わたしと結婚したアンドレアスは勇気があると思っていたそうね」

ふいにテオは心から驚いた表情になった。「〝勇気がある〟だって？」

「オリンピアが言っていたわ」

「それなら嘘をついたんだ。彼女は嘘が得意だからね」

ドミニクはうめき声をあげた。

テオはまっすぐにドミニクを見た。「きみと出会えて、アンドレアスは本人が思っている以上に運がいい、としか言ったことはないよ」

なぜかドミニクはテオを信じる気になった。「ありがとう」

「どういたしまして」

「でも、臆病者（おくびょうもの）だとは思っていたでしょう？」

テオの口の片端に初めて笑みが浮かんだ。「保護しなくてはならない絶滅寸前のかわいらしい雛鳥（ひなどり）のようだ、とは思っていたよ」

上手な言いまわしだ。

わたしは神経質な小鳥のようだった。アンドレアスの関心がいつか薄れるのではないかと怯（おび）え、洗練された夫の友人や仕事関係者のなかで自信が持てずに怯え、夫の人生に占めるオリンピアの存在に怯え、がんの再発に怯え、子どもを産み、妻としての役割を果たす前に死ぬのではないかと怯え……。

「テオ、お気の毒に。どんなにつらかったか。オリンピアとは子どもの訪問権の話しあいがあるんでしょう」

テオはかぶりを振った。「親権は彼に渡した」

「なんですって？」

「そんな怖い顔をしないでほしい。裁判のあと、オリンピアが言ったんだ。アンドレアスときみが離婚したらすぐに自分が結婚して、アンドレアスがアリを養育するとね」

だから、わたしが船のキャビンでアリを抱いているのを見て、オリンピアは青ざめたのだ。もし彼女がアンドレアスと結婚間近だとしたら、わたしと揉(も)めごとを起こすのはもっとも避けたいことだろう。

「半年間、アンドレアスの子どもかもしれないという想像に耐えた。赤ん坊が生まれ、ＤＮＡ鑑定でぼくが父親だとわかった時点で、すべてから手を引くことにしたんだ」

一瞬、部屋が傾いたような気がした。ドミニクは椅子の肘掛けにしがみついた。「なんて痛ましい！　あなたはすばらしい人よ。そのあなたを息子さんが一生知らずに過ごすなんて、やりきれないわ」

テオは悲嘆をこめてドミニクを見つめた。「オリンピアと赤ん坊を病院から家に連れかえった日から、アンドレアスがアリの父親なんだ。一生闘いつづけるつもりはないよ」

「その決断をいずれは後悔することになるわ、テオ」ドミニクは叫んだ。

「おそらくね。だが、再婚できることを願うよ。今度はきみのような気だてのいい女性を選ぶよ。ぼくだけを愛し、息子か娘を産んでくれる誰かをね」ほんのつかの間、テオはドミニクを眺めた。「アンドレアスは、なにもかも手にしていたことに気づいていなかった。なんという愚か者だろう」

テオはまだ元妻と息子の存在を完全に否定するしかない心境にあった。ドミニクは彼の深い苦悩を感じた。なにかが間違っていた。

「質問に答えてくれてありがとう、テオ。元気になることを、心から祈っているわ」

「きみの幸せも祈っているよ」

ドミニクはよろめく足で椅子から立ちあがった。テオは机の後ろから急いで出てくると、彼女の肘を支えてエレベーターまで送った。

「ギリシアにはどのくらいいるの？」

「まだわからないわ」

「良き日々の思い出のために今夜、〈ゾルバ〉で夕食をごいっしょさせてもらえないかな？」

「お気持ちはありがたいけど、わたしはまだ離婚をしていないの」

有名なレストラン、それも新婚旅行から帰宅して四人で食事をした店で、ふたりが食事しているところをマスコミに見つかったら、またアンドレアスはゴシップ記事を書かれるだろう。

しばしの沈黙のあと、テオは口を開いた。「きみは稀(まれ)に見る女性だ、ドミニク。なにがアンドレアスにあんな横暴な態度をとらせたのか、ぼくには理解できない。幸運を祈っているよ」

テオはドミニクの頬にキスした。

エレベーターが閉まる直前、テオの瞳に苦悩の色がよぎるのを目にした。空港に着くまでその光景が頭から離れなかった。ドミニクは空港から民間のヘリコプターに乗り、ザキントス島に戻った。

別荘に戻ったとたん、エレニがいそいそと立ち働いてドミニクをくつろがせた。プールで何周か泳いで、神経の興奮を冷ますあいだに、エレニはパティオのテーブルに夕食をおいていった。

疲れきるまで泳ぐと、プールから出て、髪をタオルでくるんでから、テーブルについた。コックは腕を振るって、ドミニクが大好物のシーフードサラダとバターロールを用意していた。

運動で食欲が呼びさまされ、ドミニクは料理をすっかり平らげた。二杯目のコーヒーを飲みおわりかけたところに、ヘリコプターが近づいてくる音が聞こえてきた。

ドミニクの心臓は尋常ではない激しさで打った。

アンドレアスの印象的な顔、そしてベージュのズボンと白いクルーネック・シャツに包まれた、長身の研ぎ澄まされた体を目にしたとたん、ドミニクは欲望でとろけそうになった。

アンドレアスの肌は、これまで見たうちでいちばん美しいオリーブ色をしていた。夕日が口元の線を浮かびあがらせている。あの唇が、思い出すだけでも息苦しくなるほどの情熱的なキスをしたのだ。

ドミニクは黒みがかった瞳と黒い巻き毛を見つめながら、どんな女性でも手に入れられる彼が、なぜわたしを結婚相手に選んだのだろうと不思議になった。

アンドレアスはテーブルに近づいてきた。たくましく日焼けした手が、ドミニクの正面の椅子の背にかかった。

「今日はどこでどうしていた？」アンドレアスは問いつめた。

「知人を訪ねなくてはならなかったの」

「どうしてポールに伝えていかなかったんだ？」

「彼には関係ないことだからよ」

アンドレアスの目には怒りの感情がくすぶっていた。「知人というのは、ぼくの知りあいか？」

「だったらどうだというの？」

「ドミニク！」彼の厳しい口調にドミニクはたじろいだ。「医者に診てもらいに行ったのか？」

「いいえ――」ドミニクは彼の質問に困惑した。

「嘘をつかないでくれ」

「本当よ。ギリシアに来る前、ニューヨークで検診を受けてきたもの。信じられないなら、ドクター・キャンフィールドに電話をしてみたらいいわ」

「もしそれが本当なら、きみが会いに行った相手は、ひとりしか思い浮かばない。テオだね？」

ドミニクは顔を赤らめた。

「顔にそうだと書いてある」彼はかぶりを振った。「自分がなにをしたか、わかっているのか？」

「どこがいけないの？　質問に答えられるただひとりの人に会いに行っただけよ」

「つまりきみは、ぼくにではなく、あの悪賢い敵に助けを求めに行ったのか？」

「もうやめて、アンドレアス！　昨夜(ゆうべ)、あなたにはっきりと別れを宣言されて、裁判の結果をきくには、彼のところに行くしかなかったのよ」

「ぼくの弁護士が公判記録を送ったはずだ」

「ええ。でも、どうしても読む気になれなかったのよ」

アンドレアスは悪態をつきながら、額にこぶしをあてた。彼を見ていると、ドミニクはふいに頭にタオルを巻いたままだったことを意識した。それでタオルをさっと引き抜いた。

輝く黒みがかった瞳が、ドミニクの乱れた髪にさまようような視線を投げた。「しかもきみは夫のところに来もしないで、テオから聞いたことを丸ごと信じるというんだね？」彼は憤慨していた。

ドミニクは肩を丸めた。「オリンピアと赤ちゃんが船にいたのよ。シグナス号はふたりだけで話せる場所には思えなかったわ」

アンドレアスはまた毒づいて、パティオの周囲を落ち着きなく行ったり来たりした。「アリがぼくの息子だと、テオは言ったのかい？」

「実を言うと、言わなかったわ」

アンドレアスは足を止め、陰鬱な目でドミニクを見た。「きみはそれが真実だと受けとったんだね？」

「ええ」

「だが、ぼくが信じてほしいと言ったとき、きみは信じなかった」

ドミニクはただそこに座り、なすすべもなくアンドレアスを見つめていた。もうあれから一年だ。わたしはどうしようもなく彼を愛していた。だがここでこうして、ふたりはいがみあっている。小さな嗚咽がもれた。

「もう過去のことよ」

アンドレアスは険しい顔でドミニクを見た。「なるほど、もう過去のことだから、ぼくではなく、テオに助けを求めに行ったんだね」

ドミニクはため息をついた。いつのまにか会話が口げんかに変わっていた。それはもっとも避けたいことだった。

「二度と会いたくないと、船では言っていたじゃないの」ドミニクはあえいだ。「ただひとつわたしに残された手段を取っただけよ」

アンドレアスは苛立ったうなり声を発した。「それでようやく真実がわかったというわけかい？」彼は辛辣な調子で尋ねた。

「お願い、アンドレアス。テオの話はしばらくやめない？　あなたにききたいことがあるのよ」

アンドレアスが顔を近づけた。「なにがききたいのかはわかっている。医療費をせびらなくてもいい。ぼくが一文無しできみを放りだすと思うか？」

いったいなんの話？

「認めたらどうなんだ。離婚の書類に医療費の条件を書きくわえるまで、サインをしないつもりなんだろう？　どうして昨夜言わなかったのか、理解に苦しむよ。ポールにその場で書きなおしてもらえばよかったんだ」

ドミニクは両手のひらに爪を食いこませた。「わたしがここにいるのは、未払いの医療費のためではないわ！ いったい誰がそんなことを言ったの？ 保険で全額支払い済みだし、今後もそうよ」

アンドレアスは沈黙に包まれた。「それなら、いったいなにが足りないと言うんだ？」

「ポールが領事館に現れたとき、あなたが離婚する気になったのだとわかったわ。それは、オリンピアと結婚するからなの？」

「もしそうだと言ったら、きみを待たせていたのと同じだけ、ぼくも待たされることになるのか？」

「残酷な質問だわ」ドミニクは叫んだ。

「その言葉の意味を教えてくれたのは、きみじゃないか」

「アンドレアス――」ドミニクは彼に訴えようとしたが、猛々しい怒りの表情を見て、口を閉ざした。

彼は黒い眉を片方、尊大につりあげた。「どうして急に感情を出すようになったんだ？ 一年前、振り返りもしないで、ぼくの前から消えたくせに」

威厳をかきあつめて、ドミニクは小声で言った。

「もちろん、あなたの邪魔をするつもりはないわ」

「それなら、書類を持ってくるよ」彼は別荘のほうに歩きだした。

「待って」

アンドレアスは振り返った。「今度はなんだ？」

「サインをするわ。でも、まず少し話をしたいと思ったの」

「今までしてきたことは、話じゃなかったのか」

「お願いよ、アンドレアス。ここまではるばるやってきたのは、あなたに会うためなの」

「それなら電話一本で事足りるだろう」

彼の拒絶するような態度に心を打ちくだかれたが、ドミニクは一歩も引かなかった。「わたしたちの結婚のように重大なことを、電話ですませるわけにはいかないわ」

「重大だって？　今さらそんなことが言えるのか？　きみはあと戻りできない貴重な一年間、ずっと離婚を要求してきたんだぞ」

「自分がなにをしたのかわかっているわ。でも、それには訳があるの。もし耳を傾けてくれるなら――」

「本当の目的はなんだ？」

ドミニクは額に落ちた髪を後ろになでつけた。

「ひと月いっしょに暮らして、また元に戻れるかどうか確かめたいの」

永遠に続きそうな長い沈黙が流れ、アンドレアスは自分の耳が信じられないという表情でドミニクを見つめた。

「あなたには不愉快きわまりない思いつきでしょうね」彼女は傷ついた声でつぶやいた。

アンドレアスは小声で悪態をついたが、ドミニクは決意を固くしただけだった。

「一生のうちでほんの三十日のことよ。それでうまくいかなかったら、残りの人生を別々に歩むことにしましょう」

「もしぼくが妊娠させなかったらだろう」彼は早口で言い返したので、ドミニクはにわかには信じられなかった。「子どもを産む前に、がんが再発するのを恐れているんじゃないのか？　一カ月で母親になろうとしているのか？」

「アンドレアス」ドミニクは苦悩にみちた叫びをあげた。「もちろん違うわ！」

彼はふいに鋭く息をのんだ。

「もしそれがわたしの望みだったとしても、妊娠できるかどうかはわからないわ。十キロ体重が増えても、確実に妊娠するとはかぎらないもの。がんのことがなくても」

アンドレアスは黒い髪を引っかきまわし、くしゃくしゃにした。「ぼくたちには信頼関係はもうないんだ、ドミニク」

こみあげた涙が目に染みた。「だからもう一度試してみたいのよ。過去のことはなかったことにして、新たにやりなおしてみたいの」

「白紙の状態に戻すというのかい？」彼の露骨なあてこすりは、ドミニクの心を引き裂いた。

「そうよ」

「無理だ」

ドミニクは傲然と顎をそらした。「確かにひとつの挑戦だわ。でも、これまであなたが挑戦に尻ごみしたことはあったかしら」

アンドレアスの目に険悪な光がきらめいた。「きみは雲行きが怪しくなったとたん、結婚から逃げだしたんだ。また荒波が来ることを覚悟しておくんだな」

「オリンピアのことを言っているの？」

アンドレアスの顔がみるみるこわばった。彼は否定しようとはしなかった。ドミニクはまたしても心に打撃を被った。

「あなたの彼女への気持ち、そして彼女のあなたへの気持ちは、ずっとわかっていたわ。オリンピアはあなたの人生にべったりとくっついて離れないわ。お願いしているのは、三十日間、あなたが彼女とベッドをともにしないで、わたしたちがやりなおせるかどうか確かめたいということだけ。でも、もし無理なら、そう言って。強制はできないわ」

「それは無理だね」

「どういう意味？」

「もし忘れたなら言うが、短い結婚生活のあいだ、ほかにも問題はあった。ぼくは今、重要な商談を押し進めている最中で、今月はアテネでたくさんの接待をこなさなくてはならないんだ」

「以前のようにわたしが足手まといになる、と言いたいの？」

「そんなことを言ったことがあるかい？」

「言わなくてもわかるわ。深夜までの残業や、長い沈黙——考えればわかるわ」

アンドレアスはひるむような視線を投げた。「ぼくの記憶では、きみはアテネに住むのがいやで、人目につかないザキントス島にいたがった。そのせいでますますいっしょにいる時間が少なくなったんだ」

「そのとおりよ。街に住んで、あなたを独り占めできなくなるのがいやだったの。愛に目がくらんでいたから、あなたが会社を経営し、わたしの気まぐれを叶えるためのお金をかせがなくてはならないことを忘れていたのよ。本当に愚かだったわ。本音を言えば、ハネムーンがあまりにもすばらしくて、永遠に続けばいいと願っていたの」

「ぼくがそう願わなかったと思うのか？」彼は感情的に声を荒らげた。

ドミニクがギリシアに来て聞きたかったのは、その言葉だった。

「あなたは若く、わがままな、はにかみやの花嫁と結婚した。彼女は自己中心的で、頭には自分の喜びしかない。その点については、ほかの二十二歳の新妻と変わらない道を歩んだと思うわ」

アンドレアスの表情がこわばった。「そして今は二十三歳の成熟した女性になって、なにもかも変わったというのかい？」

「それは確かめてみないとわからないわ。一日、考える時間をおきましょうか？」

アンドレアスは奇妙な笑みを口元に浮かべた。氷のようなまなざしとはひどく不釣りあいだった。

「もう逃げ道を用意しているのかい？」

「逃げ道はいらないわ。そうでなかったら、サラエボからここに来て、あなたに会おうとは思わないもの」

ドミニクは立ちあがり、臆せずにアンドレアスを見つめた。

「離婚の要求に応じるわ。朝いちばんに迎えに来るよう、あなたのパイロットに伝えて。書類にサインしたら、約束どおり、あなたの人生から永久に姿を消すわ」

ドミニクはパティオから出ていきながら、ビキニを着た体にアンドレアスの探るような視線を感じた。かつての彼女とは違い、走り去るようなまねはせず、背中を後ろに引いて悠然と歩きながら、彼のじっくりと眺める視線を内心うれしく思っていた。

明日、アンドレアスに追い返されても、彼の心に残るのはこの姿だと思えば本望だった。

ドミニクが青の間のドアまでやってくると、アンドレアスの声が聞こえた。「きみの部屋はここではない」

彼がプールから追いかけてきたことに気づかなかった。ドミニクはあっけにとられて、振り返った。

アンドレアスは伏せた目の下から彼女を見つめた。

「主寝室は廊下の反対側だ」

驚いたことに、アンドレアスは三十日の試験期間の開始を告げていた。

「客間から荷物を取ってくるわ」

「ぼくは何本か電話をかけてから、部屋に行く」

「ではまた」ドミニクはかすれ声で応じた。

「ドミニク？」

よく響く男らしい声で名前を呼ばれただけで、ドミニクは身震いした。「なにかしら？」

彼は陰鬱な暗い目で見つめた。「あらかじめ警告しておくが……一日もしないうちに、すべては破綻(はたん)するだろうね」

以前の不安定なドミニクならば、やすやすと挑発に乗り、彼の言葉を自ら立証してみせただろう。

「正直なところ、今ごろとっくに島から追いはらわれていると思っていたわ」

アンドレアスは歯ぎしりしながらその場を去っていった。

彼がドミニクの要求をのんだのは、関係を修復するには遅すぎると確信しているからに違いない。だが、ドミニクにとっては、彼の条件つき降伏は、前途に立ちふさがる大きな関門をひとつ突破したようなものだった。彼女は大きな前進に満足して、寝室のなかを走りまわって荷物をまとめながら、夫が一時的な和解に応じたうれしさに酔いしれていた。だが、彼の警告どおり、明日になったらすべてが破綻するのではないかという不安も感じていた。

でも、今夜これから起こることへの興奮で、不安がってばかりはいられなかった。彼女は考えごとを切りあげて、白を基調としてところどころに黄、青、赤が使われた広い主寝室に急いだ。

ドミニクはなによりも先に、シャワーを浴びようとバスルームに入り、髪を洗った。シャンプーをよく泡立ててから洗いながすと、ドライヤーではなくタオルで乾かした。濡れて光る髪をざっととかし、寝室に入っていった。

この部屋で幾晩も夫と過ごしたが、今夜はこれまでとはまったく違う夜になるだろう。

ドミニクはバッグに手を伸ばした。なかにはダイヤの結婚指輪が入っていた。ギリシアを出てから初めて指輪をはめた。

ドミニクは電気はつけたままにして、ネグリジェを着ないでベッドにすべりこんだ。結婚生活のあいだ、彼女はいつも襟のつまった地味な寝間着を着て眠っていた。Tシャツなしで水着を着たこともなかった。

ドミニクはいつも電気を消すことにこだわってい

た。彼に傷跡を見られなければ、自分でも気にならないからだった。闇のなかでなら、夫にとって魅力的な妻のふりができる。

アンドレアスはいつもドミニクを思いやり、優しく接した。彼女が不安になるようなことは無理強いしなかった。しかし、結婚式の夜に彼が傷跡にキスをしたときには、ドミニクは二度としないでほしいと訴えた。

その日ドミニクは、彼女と結婚するアンドレアスは勇気があるとテオが言っていたと、オリンピアから吹きこまれた。

今日テオに会って、オリンピアが嘘をついていたことや、その理由を知った。だが一年前は、オリンピアの言葉は問題を抱えたドミニクの心を深く蝕んだ。自分からセックスを求めることができなくなるほどに、自信を根こそぎ奪われた。いつも誘いをかけるのはアンドレアスのほうだった。

ドミニクは夫に手を伸ばされると、求められていることを自分自身に納得させることができた。アンドレアスが眠りについてから、彼女は暗闇に横たわり、夫が自分を抱いたのは同情からではないかと疑心暗鬼になり、静かに、熱い涙を枕に落とした。

アンドレアスのもとを飛びだしてから数カ月間、ドミニクはニューヨークで心理療法を受け、自信が持てない気持ちはどこから来るのか、夫から逃げだしたのはなぜかについて理解を深めた。何度かのつらい面接を通じて、ときとして無神経で残酷なオリンピアやほかの人たちの言葉を真に受けたのはなぜか、理解するに至った。

心のなかの悪魔と対決を果たすと、ドミニクの精神状態は劇的に回復し、正しい選択ができるようになった。

選択のひとつは、今の自分をがんになる前の陰のような存在としてではなく、以前と変わらない魅力的な女性として意識することだった。

もうひとつの選択は、乳房再建手術だった。この決断は、ドミニクが健全な精神を持ち、自分の幸せに責任を持っていることの証だった。なぜなら、その選択は彼女自身以外には誰もできないものだからだ。

この原則を理解して、ドミニクは解放された。切られ、針を刺される検査の恐怖とは縁が切れた。完全に精神的な回復を果たすうえでの必要なステップだった。おかげでドミニクは、アンドレアスとの関係が修復できても、できなくても、女性としてもひとりの人間としても完全だと感じていた。

もしがんが再発したら、もう片方の乳房を取らなくてはならないが、それはそのときのことだ。自分自身であれ、出来事であれ、他人であれ、もう二度と自信をぐらつかせたりはしない。

今初めて、アンドレアスといっしょにいることを恐れなかった。もう気持ちを偽らない。愛でも、闘いでも、そのあいだのなんでも、彼と正面から向きあうのが待ち遠しかった。

ひとつ重大な問題があった。もしアンドレアスが密かにわたしを裏切っていたとしたら、次の行動に出る前に、彼自身の口からその言葉を聞かなくてはならなかった。

だが、まずは彼の信頼を取り戻し、本当の気持ちを打ちあけてもらわなくてはならない。信頼関係が築けなかったら、ふたりの結婚がうまくいく見こみはないのだから。

ドミニクはアンドレアスと向きあうかのように横向きになって、彼がやってくるのを待った。

4

アンドレアスは泳いでプールを何度か往復してから、パティオに上がり、オリンピアに電話をした。

「ずっと電話を待っていたのよ。ドミニクと話はできたの？」

いつもの心配そうで思いやりのこもった声が聞こえてきたが、ドミニクのことは話したくなかった。

「ああ」

「すべては解決して、彼女はもうボスニアに帰ったところでしょう？　違う？」

彼は濡れた髪を後ろになでつけた。「オリンピア――」

「そういう調子で呼ぶときは、なにかがあったときだわ。どうしたの？」

「しばらく、きみやアリといっしょに過ごせなくなる。だが、好きなだけ船で楽しんでもらいたい。ザキントスの別荘にも遠慮なく訪ねてきたらいい。必要なことがあったら、ポールに相談してくれ」

「ご親切にありがとう、アンドレアス。仕事上で問題でも起きたのね？」

「いや、個人的なことだ」

「わかったわ。どのくらいたったら、いっしょに過ごせるようになるの？」

「はっきりしないんだ。来月かな」

「来月ですって？　なにがあったの？」

ドミニクがぼくの人生に舞い戻ってきたんだ。

「結婚をやりなおせるかどうかやってみる」

意味深長な沈黙が流れた。「彼女はまた病気になったの？　あなたの助けが必要になったの？」

彼は苛立たしげに眉間に皺を寄せた。「もしそうだとしても、自分で対処するよ」

「あなたがまた傷つけられると思うと、いやなのよ」

彼は顔をしかめた。「自分のことは自分で心配する」

「アリが寂しがるわ」

「アリに会う時間は作るよ。おやすみ、オリンピア」

アンドレアスはズボンを穿くと、残りの服をかきあつめ、屋敷のなかを歩いて寝室に向かった。

アンドレアスはこんなに驚いたことはなかった。ドミニクがサイドランプを灯したまま、ベッドに横たわっていた。見たところ、彼女は上掛けと彼が贈った結婚指輪のほかは何も身につけていないようだ。

心臓が早鐘のように打った。

「来ないのではないかと心配だったわ」ドミニクはかすれ声でささやいた。

ドミニクからそんな言葉をかけられたのも初めてだった。

今夜はすべてが違っていた。

ドミニクの彫りの深い目は、ランプの光で紫色に輝いていた。整った口元、紅潮した白い肌、そして枕に広げたプラチナブロンドの髪。こんなに美しい女性を見たことはなかった。

ドミニクがまたがんに襲われるかもしれないと思うと、彼は拷問のような苦しみを感じた。

「すぐに行くよ」彼はバスルームに向かった。

ドミニクの姿を見て、体が細かく震えていた。夢ではないかと思った。

夢から目覚めて自分がひとりだと気づくのを恐れて、記録的な早さでシャワーを浴びた。手早くタオルで拭いただけで髪はまだ濡れていたが、バスローブをはおり、息をつめるようにしてバスルームから出た。

ドミニクがまだいて、官能的な笑みを口元に浮かべているのを見て、彼はつめていた息を吐きだした。彼女の顔にはためらいはみじんもなく、ただ輝くばかりの熱意だけがあった。

それが変化を証明するための見せかけだとしたら、かなりの効果を上げていた。アンドレアスは人生で初めて自分が緊張しているのを感じた。

「いえ、消さないで」ドミニクはランプのスイッチに手を伸ばす彼を、穏やかに制した。「あなたが見たいの」

ドミニクの言葉に彼は心臓麻痺でも起こしたように、ぴたりと動きを止めた。

「事故のあと意識が戻って、わたしを見下ろすあなたを見たとき、こんなにすてきな男性は見たことがないと思ったわ」

アンドレアスは喉がしめつけられた。

「あなたのような男性がこの世にいるとは思いもしなかった。わざと見ないようにしていたの。結婚してからも、じっと見つめるのをためらったわ。だって、せがんでいると思われたくなかったから」

「なにをだい？」彼は信じられない気持ちで小声で尋ねた。

「セックスをしてほしいと」

アンドレアスは黒い頭を振った。「せがまなくてはならないなら、プロポーズをしたりしないよ」

ドミニクは下唇を震わせた。「そ、そう信じたかった。でも、自分の姿を鏡で見るたびに、死にたくなったわ。男性の夢を、ましてや夫の夢を、叶えられそうな体ではなかったから」

アンドレアスは唖然として、ベッドの端にへたりこんだ。「それなら、ぼくがどうしてきみに惹かれたと思う？」

「あなたは心根が善良だわ、アンドレアス。わたしが事故で意識不明になるところを目撃し、胸の傷跡も見た。あなたが勇気をとても重んじる人で、がんと闘ったわたしを、まるで英雄かなにかのように見ているのもわかったわ」

アンドレアスは激しく息をのんだ。「それできみの苦労に同情して、求婚したのではないかと思っていたのかい？」

ドミニクは枕の上で首を左右に振った。「それだけではないわ。あなたはマリスの死を嘆き悲しんでいたわ。ご両親も立ちなおれずにいた。わたしに手を差しのべたのは、無力感と絶望感に苛（さいな）まれていたことも大きいと思うわ。わたしを助けが必要な存在だと見なしたのよ」

アンドレアスは小声で悪態をついた。

「今朝テオが言っていたわ。わたしを最初に見たとき、守らなくてはならない雛鳥（ひなどり）のようだと思ったとね」

アンドレアスはふいに立ちあがって、部屋を行ったり来たりしだした。「きみが物事をそんな目で見ていたとしたら、ぼくたちの結婚が短いながらも続いたのは奇跡だな」

「おっしゃるとおりよ。それはこの一年で学んだわ。たとえ歪（ゆが）んだ見方だとしても、そのときの偽らざるわたしの現実よ」

彼は足をぴたりと止めた。「それで、なにを言おうとしているんだい？」

ドミニクは苦しげなため息をついた。「わたしたちの人生のありのままの現実を見つける。それが目的よ。ゼロからの再出発ね。わたしたちの結婚がうまくいくなら、なんでもする覚悟よ。もしあなたにそうする気があるなら。どうか誤解しないで」ドミニクは彼の返事を待たずに大声で言った。「あなたがまた意味がないと言う前に、問題の原因がわたしだったことを認めさせて。あなたがわたしの心を開こうと努力しても、わたしは固く心を閉ざしていた。

あなたが薄氷を踏む思いで接したのも、不思議はないわ。あなたは果てしない忍耐力の持ち主だわ。それをいいことに、わたしは甘やかされた気難しい子どものように振る舞いつづけた。あなたが優しく親切に接すればするほど、わたしの態度は悪化した。自分がどんなに憎いか、あなたには想像もつかないわ。テオにあなたが不貞で起訴されたと聞いたとき、心の奥底では、咎められるのはわたしだ、復讐する相手はわたしだと、テオに言いたかった。元凶はわたしよ。それなのに、意気地なく逃げだしたの。でも、一年間、心理療法のカウンセリングを受けて――」

「カウンセリングだって?」

「ええ。ショックを受けたと言わないで。どんなにそれが必要か、お互いにわかっていたはずよ」

「ショックは受けていない」アンドレアスの声は怒りを含んでいた。

ドミニクは唇を噛んだ。「それなら、驚いたと言いなおすわ」

「どちらかといえば、また手術をしたことを考えると、よく耐え抜いたと思うよ」

「カウンセリングを受けなかったら、再建手術をする決心はつかなかったでしょうね。外科医の腕前は見事よ。はっきりわかるのは夫だけだと彼女が請けあってくれたわ」

ドミニクの冗談を聞いて、アンドレアスは畏敬の念を抱いた。彼女の勇気に感動し、目から涙がこぼれた。

「ドミニク――」

「何も言ってくれないと、いいのか悪いのかわからないじゃない」ドミニクは彼にいたずらっぽくほほえみ、一年ぶりに左側の頬にえくぼを浮かべた。

「ベッドに来て」彼女はアンドレアスに向かって、優美でやわらかな腕を上げた。「長い、長いあいだ、ずっと待っていたの」

　アンドレアスの心臓は胸から飛びださんばかりに激しく打った。彼はゆっくりとバスローブを脱いで、魅力的な美女の隣にすべりこんだ。彼女は奇跡的にまだぼくの妻なのだ。「まずきみを見たい」

　ドミニクは彼の首に腕をからみつけて、からかうように彼の唇に唇でそっと触れた。「一年ぶりなのよ。一晩中かかるかもしれないわね」

　ふたりの営みはいつも情熱的だった。だが、彼と対等な立場で向きあうのは初めてだ。

　アンドレアスは体の上にドミニクを抱きあげると、彼女の唇を追いもとめて我がものにした。彼女が喉の奥から歓喜にみちた笑い声をあげると、ようやく恐れも戦意もなく、互いを見つめた。ふたりはいつしかひとつに溶けあい、動き、呼吸し始めた。

　ドミニクは人生で初めて経験する幸福感にみたされて、夜明けに目を覚ました。昨夜、恍惚のときをもたらした男性のほうに反射的に腕を伸ばした。彼がいないのに気づくと、ベッドに起きあがり、顔にかかる髪を後ろになでつけた。

　海に面した窓辺に、夫の特徴的な長身が見えた。

　ベッドから歩いていきながら、ドミニクは彼の引き出しからTシャツを出して、頭からかぶった。

　彼女は静かに窓辺に近づいていき、背後からアンドレアスの腰に腕を巻きつけた。「おはよう」

「うーん。いい匂い。男らしいあなたの香りがするわ。香水にするとしたら、〝アンドレアスだけの香り〟という名前にするわ」

　どんな返事を期待していたのかわからないが、まさか彼が真剣な表情で振り向くとは思わなかった。

　アンドレアスはドミニクの両手のひらにキスをしてから、彼女を放した。「起こしてしまって悪かったね」

　カウンセリングで学んだもっとも重要なことは、できるだけ早くすべてを明るみにすることだった。そうすれば、誤解が誤解を呼ぶ悪循環に至ることはない。

「違うわ。ひとりでに目が覚めたのよ。あなたを抱きしめたくなって手を伸ばしたら、ベッドにいなかったの。なにか気がかりなことでもあるのね。話してちょうだい」

「今はいい」

「だめよ。今話して」

　アンドレアスは眉間に皺を寄せ、表情を曇らせた。

「そもそもこんなふうにして、わたしたちはうまくいかなくなったのよ、アンドレアス。わたしは気持ちを隠し、話題にするのを避け……耐えきれずに逃げだした。あなたは本当のことを言わずに、口を閉ざし、自分のなかに引きこもったわ。もうお互いそういうことはやめましょう。言ったら面倒なことになると思っても、なにが心を悩ませているのか口に出してほしいの」

　外が明るくなってきた。

「ギリシアに来る直前に、医者に診てもらったと言ったね」

「そうよ」

　彼はひどく緊張しているようだ。「医者というのは、形成外科医のドクター・キャンフィールドのことだね？」

「ええ。彼女から健康だとお墨つきをもらったわ」

　アンドレアスは首の後ろをこすった。彼が苛立ったときにする仕草だ。「がんの専門医のほうはなんと言っているんだい？」

「ドクター・ジョセフソンにも診察してもらったわ。今のところ、再発していないそうよ」

　アンドレアスは目を細めて、ドミニクの口元を見つめた。「嘘（うそ）ではないだろうね」

どうやらドミニクの変化で、彼が今まで隠しとおしてきた悪魔が姿を現したようだ。

「どうして嘘をつくの？　そんなことをしてなんの役に立つかしら？　ご存じのように、一カ月に一度は検査をしなくてはならないわ。これからは検査にいっしょに行って、その場で結果を聞くことにしましょう」

アンドレアスはおののきながら息を吸った。「ドクター・ジョセフソンは、再発予防のために、もう片方も切除したほうがいいと言わなかった？」

「いいえ」ドミニクは当惑してかぶりを振った。「わたしの場合は必要ないと言われたわ」

アンドレアスは唇をすぼめた。「別の医者にセカンド・オピニオンをもらったほうがいいかもしれないな」

「それならそうしましょう」ドミニクはできるかぎりの方法で彼をなだめようとした。だが、夫の顔に浮かんだ不安そうな表情から、まだ彼が安心していないのがわかった。

「ほかになにが心配なの？」ドミニクの見間違いでなければ、彼は青ざめていた。

「別居する前から、用心深いたちだった」

「そうね……。昨夜はなにがあったの？」

アンドレアスの両手が突然、ドミニクの肩をつかんだ。「なにがあったか、わかっているだろう？　ぼくは正気をなくしたんだ」

「アンドレアス・スタマタキスともあろう男が、我を忘れ、無責任にも」ドミニクは夫にほほえんだ。「昨夜、あなたに対してあんなに絶大な影響力を持つことができて、人生で最大の賛辞をもらったようなものだわ」

「冗談を言えるようなことではないんだ、ドミニク。妊娠していたらどうするんだ？」

ドミニクは真顔になった。「もしあなたが結婚生活に見切りをつけたのなら、心配する気持ちもよくわかるわ」

「そんなことが言いたいんじゃない。わかっているはずだ」彼は陰鬱な声でつぶやいた。「きみの体のことが心配なんだ」

「結婚前にこの話はもうしたわ。ドクター・ジョセフソンは妊娠してはいけない理由はないと言っていた。妊娠ががんに影響する割合は、千分の一しかないのよ」

「その統計データのことは覚えているが、ぼくたちが話しているのはきみのことなんだ」

「ピルをのむよう勧めているのだとしたら、わたしたちの結婚は本当におしまいよ。どんなことがあっても、赤ちゃんを傷つけるようなことはしないわ」

「きみの命が危険にさらされるのなら、それしか方法はない」

ドミニクはアンドレアスがなにかを恐れるところを見たことがなかった。だが、彼の声には生々しい恐怖が聞きとれた。

ふたりの関係がもう一度やりなおせるかどうか試してみようと三十日間の猶予をもらったとき、彼が克服すべき障害が、恐怖というコントロール不可能な感情だとは夢にも思わなかった。

「当分死ぬつもりはないわ、アンドレアス。去年、医者がいちばん心配していたのは、体重不足のことよ。妊娠しにくくなるかもしれないからって。もう体重も増えたし、ありもしない問題を探すつもりはないの。でも、それは当然わたしの側から見た場合だわ。あなたは、ふたりで克服しなくてはならないほかのことも気にかけているのよね」

ドミニクがなにを言おうと、彼の不安はなくならないようだった。

「まだ一日しかたっていないことを忘れていたわ。ちょっと休戦しましょう」ドミニクは小さくほほえんだ。「あなたの予想では、今日になったらなにもかも破綻するはずだったわね。それならベッドに戻って、残された何時間かを精いっぱい楽しく過ごさない？」

「真剣に聞いてくれ」

「真剣よ」ドミニクはアンドレアスから離れると、ベッドに潜りこんでTシャツを脱いだ。彼女はそれを丸めて、アンドレアスに投げつけた。

Tシャツは彼の胸に命中した。

そのとたん、アンドレアスは大声で笑った。ドミニクがひさしぶりに聞く、痛快そのものの笑い声だった。次の瞬間、彼はドミニクに手を伸ばし、彼女の背中を枕に押しつけて、動けなくした。ふたりの唇はほんの数センチしか離れていない。

アンドレアスの燃える黒いまなざしを、ドミニクは大胆に見据えた。「年寄りにしては動作が機敏ね」

「年寄りだって？　そう言うなら、年寄りの力を見せてやろう」

三時間後、ドミニクは先に目を覚ました。彼女は体に巻きついたたくましい腕と脚を注意深くほどいた。アンドレアスは原始的な欲求のままに彼女を抱いた。今はそのギリシア神のような体は、眠りを必要としている。

アンドレアスは当時、朝食をほとんどとらなかった。だが、今日はそうはいかない。

ドミニクはすばやくシャワーを浴びると、サンドレスを着て、髪をポニーテールにした。別荘のなかを足早にキッチンに向かう途中、エレニが追いついてきた。

「なにかお入り用のものがありますか？」

ドミニクはかぶりを振った。「いいえ。朝食を用意しようと思ったの」

「アンナを呼びますわ」

「いいのよ。夫のために自分で用意したいの」

「本当にいいのですか?」

エレニはこの状況をどう判断していいかわからないようだった。いつでも使用人がアンドレアスの身の回りの世話をしていた。だが、すべてを今から変えるのだ。

「どこになにがあるのか、教えていただける? 夫のために朝食をたっぷり用意してあげたいの。彼は痩せたみたいだと思わない?」

安堵したことに、エレニはほほえんでうなずいた。

「ご主人さまのためには、奥さまが戻ってこられてよかったですわ」

ああ、エレニ。その言葉が聞きたかったの。

まもなくドミニクは主寝室にトレイを運んでいった。ベッドに近づいていくと、アンドレアスがぱちりと目を開けた。

「プレゼントを運んできたわよ。給仕をするから、お座りいただけますか、ご主人さま」

「アンナにこんな料理が作れるとは——」

「アンナではなく、わたしが作ったの!」

アンドレアスは驚いた目で、ドミニクを見た。

「心配いらないわ。エレニとは話がついているから、誰も気分を害していないわ」

ドミニクは彼の隣の枕をたたいて膨らませてから、ベッドに上がり、自分のトレイに手を伸ばした。

「妙ね」ドミニクはジュースを飲んだ。「あなたはもう食欲旺盛な時期が過ぎたものだと、エレニは思いこんでいるわ。見たところ、そうは思えないけれど。それどころか中年男性としては、いろんな意味で驚くことばかりだわ」

アンドレアスは横目でちらりと見た。「きみも幼妻にしては、ずいぶんと驚かせてくれたよ」

「あなたを病院に連れていって、心臓の検査をしてもらったほうがいいわね。万が一のこともあるから」

「生意気な奥さんだ」

ふいにトレイが押しのけられた。ドミニクは甲高い笑い声をあげながら、彼に抱きしめられた。

「朝食をありがとう。きみに負けないくらいおいしかったよ」

ドミニクは口の片端をきゅっと上げた。「わたしもおいしかった？」

彼の低い忍び笑いを聞いて、ドミニクは喜びで正気を失いそうになった。

「ギリシア語ではなんて言うの？」

「それはまたあとで」アンドレアスは唇を重ねたままつぶやいた。「今はそれより大切なことがある」

「トレイに気をつけて！」

警告は間に合わなかった。皿とグラスがタイルに落ちて割れる音に、ドミニクはたじろいだ。

「だめよ」ドミニクは彼を押しとどめた。「わたしはサンダルを履いているけど、あなたは一歩でも踏みだしたら、足を怪我するわよ」

「放っておけばいい」彼はベッドから下りようとする彼女を止めた。「使用人が片づけてくれる」

「わたしたちのあと始末をさせることはないわ」

「そのために雇っているんだ」

「日常の仕事をやってもらうためにね」

「たまに起こる不測の事態も日常の仕事のうちだ」

以前も同じ議論をしたことがあった。

「悪かったわ」ドミニクは両手で彼の頬をはさんだ。「使用人がいる環境で育っていないから、反射的になにもかも自分でやろうとしてしまうの。あなたの世話をしたいけど、あなたや周囲の人を困らせることになるなら、やめておくわ」

アンドレアスの胸が上下するのがわかった。「はっきりさせておこうか。妻に世話を焼いてもらうのはうれしいよ。ぼくらが――」

彼が全部を言いおわらないうちに、内線電話が鳴り響いた。

「きっとエレニだ。重要な要件でなかったら、邪魔はしないだろう」ドミニクを抱きしめたまま、家政婦と話そうとランプのそばの受話器に手を伸ばした。

電話は一瞬で終わった。アンドレアスは濃い眉をひそめた。なにかあったのだ。

アンドレアスはドミニクと再会して、自分がすべてのものから離れ、彼女と永遠にいっしょにいたいと思うようになるとは、予想していなかった。彼女はこれまで感じたことのない至福感をもたらしてくれた。生まれかわった気分だった。

だが、どんなに奇跡のような十二時間だったとしても、結婚がまだ脆い状態にあることがわからないほど目がくらんではいなかった。

二十四時間以内にふたりの関係は破綻すると警告したときには、自分の予想がこれほど的中するとは思いもしなかった。

「お客が来たようだ」アンドレアスは受話器をおくと、陰鬱な口調で告げた。

「どなた？」

「オリンピアがポールにつき添われて、アリとふたりで滞在するために来たんだ。彼女は休暇中だ。ぼくはアテネに戻らなくてはならないから、船と別荘を自由に使ってもいいと彼女に言ってあった」

アンドレアスはドミニクの紫色の瞳が、彼の知らせを聞いて曇るのを待った。驚いたことに、彼女の瞳はあいかわらず澄みわたっていた。

「前にも言ったけど、あなたは世界でいちばん親切で、寛大な男性だわ。急いでシャワーを浴びていらっしゃい。わたしは彼女のところに行って、アリのお世話をしてくるわ。でも、こちら側からベッドを下りてね。あなたの心臓と足の怪我を診てもらいに、大慌てで病院に駆けつけたくはないから」

ドミニクは長く、情熱的なキスをしてから、寝室を出ていった。その態度に呆然自失して、アンドレアスはただ彼女を見つめるばかりだった。妻は確かに変わった。

5

別荘の東側の窓越しに、ヘリコプターから大量の荷物を運びだすポールの姿が見えた。ドミニクは外に飛びだした。

「いらっしゃい、ポール！　お手伝いしましょうか？」

「これが最後の荷物です」

「小脇に抱えている荷物を持つわ」ドミニクは透明なプラスティックケースをつかんだ。中身は、多彩なキルトでできた、ぬいぐるみつきプレイマットのようだった。

「ありがとう」

「どういたしまして」

エレニが入口でふたりを迎えた。「オリンピアさまはピンクの間にお通ししました。今はキッチンで、赤ちゃんの哺乳瓶を温めています」

「わかったわ。ポール、アリのベビーベッドを組みたてましょうか」

「もう組みたてました」

「あなたって驚くほど有能ね」

ポールの顔にめずらしく笑みがこぼれた。笑うとすばらしくハンサムだ。

ポールはドミニクのあとについて、寝室に入っていった。アリはベビーベッドに寝て、自分のつま先をじっと見つめていたが、ドミニクを見たとたん、かわいらしい顔をくしゃくしゃにした。

「アリにはすっかりきらわれてしまって」ドミニクが嘆くそばから、赤ん坊は泣きだした。「この前もこうだったのよ」

「あなたのことは知らないからですよ。ほらおいで、アリ」ポールはギリシア語でなにか言い、ベッドからアリを抱きあげた。赤ん坊はたちまち泣きやんだが、あいかわらず敵でも見るような目でドミニクを見つめていた。

「まあ、ポールおじさんね。あなたに子守りの才能があるなんて、誰が想像するかしら？」

「ポールには隠れた才能がごまんとあるんだ」

ドミニクが振り返り、髭をきれいに剃った夫がいるのに気づいた。ドミニクがポールに視線を戻すと、彼は頬を赤らめていた。

「これを出してみるわね」ドミニクはプレイマットを広げ、タイルの床においた。

「アリはどうするかしらね、ポール」

「このおもちゃが大のお気に入りなんですよ」

ポールにプレイマットの上に下ろされたとたん、アリは垂れさがる動物たちを力いっぱい蹴り始めた。

横たわるアリに、ドミニクはオリンピア似のところを見つけた。体形と髪の生え際はテオに似たのだろう。

血を分けた息子と絶縁したテオのことを思うと、胸に鋭い痛みを感じた。

ドミニクは父親を熱愛していた。父はいつもすばらしい存在だった。がんと診断された直後に泣きながら電話したときほど、それが身に染みたことはなかった。きっとまた元気になるという父の声はまさに神の声のようだった。

小さなアリはその存在を知らずに一生を送るのだ。アリとテオを思うと、涙で目がちくちくした。

突然、アンドレアスの視線を感じて、そちらに目を向けた。一瞬、彼の表情に苦悩を見たような気がした。

ドミニクを妊娠させたかもしれないことに、まだ胸を痛めているのだろうか？

カウンセリングでは、がん患者の家族についても学んだ。家族も同じように苦しんで、悲しみに耐える必要がある、と。

アンドレアスとはがんの話題を避け、彼と苦しみを分かちあわなかったばかりに、どんなに深く彼を傷つけていたかがわかった。以前の彼はドミニクの心を安定させるために、自分の苦悩を封じこめなくてはならなかった。今の彼は溜めこんだ感情をどこに持っていけばいいかわからないのだろう。

あとでふたりきりになったら、なにを考え、なにが心配でたまらないのか、たとえ同じ話を何度も聞かされようとも、洗いざらい話してもらわなくてはならない。

ドミニクは再びアリに注意を向けた。彼女はたまらなくなって、しゃがんで、アリのおなかをくすぐった。「なんてかわいいの」

アリは茶色の目をまん丸に見開いた。

「わたしにどう対応していいか、わからないのね」

「息子は英語を聞きなれていないのよ」アリの母親がドア口から声をかけた。

ドミニクは立ちあがった。「かわいい赤ちゃんね、オリンピア。アリみたいな赤ちゃんがいて幸せね」

「ええ、そうよ」

「ミルクの時間のようだから、アリとふたりだけにするわね」

「ミルクをあげてみたい？」

オリンピアの態度は二日前とは大違いだった。

「もう時間がないようだ」アンドレアスはドミニクがなにか言う前に返事をした。「パイロットがアテネに発つのを待っている。きみの荷物はもうヘリに乗せてあるよ、ドミニク」

今すぐに、アテネに出発するの？

ドミニクは信じられなかったが、今は夫の決定に疑問をはさむときではなかった。

オリンピアのほうを向いた。「ぜひミルクをあげてみたいわ。アテネに戻ってきたら、アリと親しくなりたいから、いっしょにペントハウスに遊びに来て。そうしたら抱っこをしても、泣かなくなるかもしれないもの」

「休暇が終わったら、電話をするわね」

「お待ちしているわ」

ドミニクはポールのほうを向いた。「アテネにはいっしょに行くの？」

「ええ」

ポールは赤ん坊を抱きあげ、オリンピアに渡した。

「ぼくらが出発する前に、なにか手伝うことはあるかい？」アンドレアスは尋ねた。

オリンピアはかぶりを振った。「もう十分よ。ありがとう」

アンドレアスは赤ん坊の頭のてっぺんにキスをした。頭を上げると、ドミニクに視線を投げた。「行こうか？」

「バッグだけ取りに行かせて」

ドミニクは主寝室に駆け戻り、バスルームに飛びこんで、髪を留めていたゴムをはずし、ブラシをかけた。これでいつでも出かけられる気分になった。

別荘のなかを走り抜け、ヘリまでたどりつくと、アンドレアスが手を貸して乗せてくれた。彼は副操縦士の席に座った。ポールは彼女の正面に座った。三人がシートベルトをしめると、パイロットはヘリをなめらかに上昇させ、アテネに向かった。

残念なことに、アンドレアスはまた陰気な表情をしていた。昨夜の刺激的な恋人の顔はどこにもなかった。改めて見なおすと、彼が感情や混乱を冷淡な表情の陰に隠しているのがわかった。

会社のリムジンがアテネの空港で待っていた。ポールを彼のアパートメントで降ろしてからも、車はアンドレアスのペントハウスをめざして走りつづけた。ペントハウスは洗練された優雅なしつらえで、アクロポリスの眺めがすばらしかった。

ドミニクは窓からアテネの街を見渡した。一年前となにひとつ変わっていないようだ。だが、アンドレアスが荷物を運びいれる音を聞いていると、ふいにほろ苦い思い出がよみがえってきた。最後にここにいたのは、裁判所に出頭した朝だった。

あのとき、ドミニクは夫の両親に見捨てられた気分だった。ふたりは彼女に思いやりを示すこともなく、なにがあろうと息子を守ろうと家族の団結を固めていた。四カ月の結婚生活は風前の灯火だった。アンドレアスとの関係は張りつめ、話しあう余裕すらなかった。

ドミニクは、夫とオリンピアについてなにを信じればいいのかわからなかった。アンドレアスは信頼してほしいと言った。

裁判が始まり、ドミニクはギリシア語がよく理解できないながらも、要点だけはつかめた。突然、四方の壁が迫ってくるような気がした。無表情な人々の顔。裁判所の外で騒ぎたてるマスコミ。なにもかもが耐えがたく、窒息しそうだった。

ポールはドミニクを見守っていたのか、カメラマンが押しよせてフラッシュが焚かれるなかを、彼女のあとを追ってリムジンまでついてきた。

ポールは空港に着くまでの道中、どうかアンドレアスと別れないでほしいと懇願した。だが、その声はドミニクの心には届かなかった。

あのときのことを思うと、ポールがどんなにアンドレアスに友情を感じているかがわかる。彼は必死になってドミニクを引き留めようとした。そのことだけでも、彼女の知らない事情が隠されていることを物語っていた。わたしはおそらく心の奥底ではそれがわかっていた。だが、女性としての自信がなかったので、確固とした真実が見えなくなっていたのだ。

「ドミニク?」アンドレアスの唇は色を失っていた。「ドクター・ジョセフソンに電話をしてもらいたいんだ」

思ったとおりだ。彼は避妊しなかったことが頭から離れないのだ。

「電話番号はバッグのなかなの」ドミニクはガラス製のコーヒーテーブルまで行くと、バッグから小さなアドレス帳を取りだした。「今ニューヨークは朝だから、まだ自宅かもしれない。でも、クリニックに出かける前に、病院で回診をしているかもしれないわ」

アンドレアスは携帯電話を渡した。ドミニクは長椅子に座って、最初にクリニックに電話をした。受付係は、まもなく到着するのですぐにドミニクに折り返し電話するよう伝えると言った。

ドミニクは電話を切ってから、アンドレアスにちらりと視線を送った。「今はクリニックに向かう途中だから、着いたら電話をくれるそうよ」彼の不安をなだめたくて、ドミニクは立ちあがって、彼のところに歩いていった。彼女はアンドレアスの両手をつかんだ。「まだ排卵の時期ではないと言ったら、少しは気が楽になる？　もし妊娠の可能性があったら、最初にあなたに話していたわ」

　ドミニクは夫が安堵で身震いするのを感じた。

「どうか誤解しないでね、アンドレアス。赤ちゃんはほしいわ。あなたの赤ちゃんがね。でも、今回の試験期間が終わって、本当の結婚生活が送れるとわかったら、お願いするわ」

　アンドレアスは両手を彼女の肩にすべらせた。

「大賛成だよ。昨夜ぼくは考えずに――」

　ドミニクが口づけで彼を黙らせたので、残りは言葉にはならなかった。「昨夜はわたしの人生でいちばんすてきな夜だったわ。愛しあうふたりなら当然よ。どうか後悔で台無しにしないで」

「ドミニク――」

　アンドレアスは唇を激しく押しつけ、昨夜ふたりが行った場所にドミニクを誘おうとした。だが、ドミニクにしがみつく様子は、彼がまだ表現していない欲求と恐れを露にしていた。

　夫についてもっと多くを理解しなくてはならないようだ。神の思し召しがあれば、ふたりは来月までに問題を乗りこえ、強い絆を結びなおすことができるだろう。

　アンドレアスがドミニクを抱きあげ、寝室に歩きだした瞬間、彼の携帯電話が鳴った。「きっとドクター・ジョセフソンよ」

　ドミニクを抱いたまま長椅子まで行くと、彼女を膝にのせて腰を下ろした。彼女は電話に出て名前を名乗った。電話の主はドクターだった。

「こんにちは、ドミニク。話があるそうですね。どうしましたか？」

「実は、お尋ねしたいことがあるのは夫なんです。今お時間はいいですか？」

「ご主人はそちらに？」

「ええ」

「ご主人に替わってください」

ふたりの会話は長引いたので、ドミニクは夫の膝から下りて、キッチンに飲み物を取りに行った。ドクター・ジョセフソンがどう説明したのかわからないが、夫は気が楽になったようだった。電話を切ると、ハンサムな顔にかなり生気が戻っていた。

ドミニクはキャップを取って、よく冷えたレモネードの瓶を渡した。アンドレアスは受けとると、ひと息に飲んでから、瓶をテーブルにおいた。

「おいしかった」アンドレアスは熱っぽいまなざしでドミニクを見つめた。

「ふたりで一本で十分かと思ったわ」

「ワンピースがすてきだね。その色は、きみの肌と髪によく合う」

「地味なワンピースよ」

「とてもきれいだ」

「ありがとう」

「ギリシアには手荷物なしでやってきたと、ポールから聞いている」

「フィスカルドで身の回りのものは買ったわ」

「二日分のだろう」

彼の会話がどこに行こうとしているのか、見当がつかなかった。両親にサラエボから荷物を送ってもらうと、口から出かかった。

ドミニクは今まで、アンドレアスを服の買い物につきあわせたことはなかった。彼に買ってもらったただひとつの服も店に返品していた。今着ているワンピースに少し似ていたが、首元や痩せた体が隠れる服しか着たくなかったのだ。

彼は人を喜ばせるのが大好きな気前のいい男性だ

った。それなのに、わたしは小さな贈り物で妻を驚かせる楽しみを、彼から奪ってしまったのだ。

「午後は事務所に顔を出さなくてはならないの？」

「いや」

「それならコロナキにショッピングに行きましょうよ」そこは高級ブティック、画廊、高級レストランが立ち並ぶ、アテネ中心のしゃれた住宅街だった。

彼の目がぱっと輝いた。「食事もしよう」

「食事の前に、今月お客さんを接待するとき、わたしが着るのにふさわしい服を選んでもらいたいの」

二時間後、ふたりは洋服だんす一竿分の衣装と靴を、翌日ペントハウスに届けてもらう手配をすませていた。ドミニクがこんなに楽しかったことはない。

夫とすべての行動をともにするのは初めてだが、今後も続けていきたかった。それは、彼の両親との関係も深めなくてはならないということだ。

驚くほどおいしいムサカを食べながら、ドミニクは話を切りだした。「今月、あなたが仕事や接待で忙しいのはわかっているわ。でも、遠くないうちに、ご両親とのディナーを予定に組みこめない？」

アンドレアスが微動だにしないということは、彼女の言葉に驚いたということだ。「金曜日なら空いている。両親に電話して、段取りをしておくよ」

「きっと楽しいわ。おふたりのことをよく知りたいの。あなたに紹介されたとき、ご両親はマリスの死から立ちなおっていなくて、まだいつものふたりではないと言ったわね。でも、新婚旅行からアテネに戻ってきたとき、わたしはもっといっしょに過ごす機会を作るべきだったわ」

「あのときは時間がなかったんだ」

アンドレアスの言うとおりだった。裁判の脅威が影を落とし、ほかのものに取り組む余裕はなかった。

ドミニクはまっすぐに夫を見つめた。「おふたりは来てくださると思う？」

「もちろん来るよ」

「わたしを息子の妻にふさわしくないと思っていたとしても?」

「そんなことは思っていない」アンドレアスは仕事上、電話で話すときに使う権威にみちた口調で告げた。

ドミニクは少し悲しそうにほほえまずにはいられなかった。「親なら誰でも、子どもを傷つけた相手をよくは思わないわ。わたしは裁判であなたの味方をしなかった。つまり、あなたを裏切り、ひいてはご両親も裏切ったのよ。傷ついた関係を修復したいの」

「本気で両親に会いたいんだね?」アンドレアスは目を伏せた——苦悩を押しかくす、彼なりのやり方だ。

「ほかのなにをおいてもね。わたしの両親はあなたのことが大好きよ。いつかあなたの両親もわたしが好きになってくれたらいいと思うわ」

彼の口元がドミニクの言葉に反応して、こわばった。「ぼくが不貞で起訴されても、ご両親の気持ちが変わらなかったと言うのかい。信じないね」

「ふたりともあなたを一度も非難したことはないわ。事故のあと、あなたは本当に親切にしてくれたわ。両親はそれが忘れられなくて、悪いことは信じないの」

一瞬の沈黙があった。「ぼくもご両親のことは尊敬しているよ。心底ね」

「残念ながら、あなたのご両親は初対面のとき、衝撃を受けていたわ。わたしは若いアメリカ人の娘で、ひとり息子の嫁に思い描いていたギリシアの女性とは似ても似つかなかった。ギリシア語もほとんどしゃべれない。孫を産めるような健康的な体つきもしていない」

アンドレアスは顔を曇らせた。「いったい誰がそんなことを言ったんだ？」

「誰でもないわ。ご両親が感じたままだと素直に認めて」

「きみは嘘をついている。誰かから吹きこまれたんだ」

もしそうだとしても、彼に伝える気はなかった。

「嘘をつく必要はないわ。あなたが机に飾っているマリスの写真を見て、本当にそうだと気づいたわ。もしわたしがあなたの母親でも、わたしみたいな外国人に引きあわされたら失望すると思うわ」

ウエイターがいいころあいに、デザートのメニューを持ってきた。「ぼくはいらない。きみはどうする、ドミニク？」

「ムサカがとてもおいしかったわ。もう食べられそうにないわ」

「かしこまりました」

ウエイターが立ち去るやいなや、アンドレアスは憤慨した視線を向けた。「まだ話は終わっていないよ」

「アンドレアス、もう忘れましょう。わたしが関心があるのは、ご両親と楽しい晩を過ごすことだけよ。ほら前に、古いホームビデオを何本もしまいこんであると言っていたわね。捜しだして、おふたりにお見せしたらどう？　わたしもずっと見たいと思っていたし、ご両親もきっとお喜びになるわ」

「すばらしい思いつきだ」

アンドレアスは、誰が言ったのか知るまでは探りを入れるのをやめないだろう。ドミニクのただひとつの不安は、それを聞いて彼が動揺することだった。彼女のほうはかなり前に心の傷に決着をつけていた。

支払いをすませると、アンドレアスは椅子を引いてテーブルを離れ、ドミニクの脇に来て手を差しだした。「家に帰って、ビデオを捜そう。ビデオをつめた箱は、客間の棚のどこかにあるはずだ」

ふたりはタクシーでペントハウスに戻った。

玄関広間に入ると、ドミニクはアンドレアスのほうを向いた。「あなたが箱を捜しているあいだに、両親に電話をするわ。仕事に戻らないことを、父に知らせておきたいの」

「そのことも、話しあっておく必要があるね」

「なにかしら？」ドミニクは今回の試みはうまくいっていないと言われるのかと、半ば不安になった。

アンドレアスは指で彼女の顔の輪郭をなぞった。彼の指先の感触は全身をとろけさせた。

「別居しているあいだに仕事に就いたことは知らなかったよ。明日、ぼくは起きたら仕事に行くけど、きみはここに取り残され、時間をもてあますことになる。妻には専業主婦になってもらいたかったが、あとから考えると、それはぼくの身勝手だった」

「わたしにはあなたがいつでも最優先よ。でも、会社に勤めるというのではなく、いくつか計画していることがあるの。あなたに賛成してもらえたらの話よ。両親に電話をしたら、あなたの意見をきかせてもらいたいの」

「願ったりだよ」彼は客間に向かった。

この家では秘密を持たないことにしようと決意して、ドミニクは彼のあとを追った。真後ろに妻がいるのに気づき、彼は驚いた視線を投げた。ドミニクは夫の唇にキスをすると、ベッドに腰を下ろし、電話をかけ始めた。

クローゼットは、アンドレアスが集めた思い出の品の宝庫のようだった。

「ドマーニ！」父は娘を愛称で呼んだ。

「パパ、元気？」

「電話に出られなくて、ママはきっとご立腹だろうな。ママはラディスラブ家の人たちをなぐさめに行っているよ。今日猫が亡くなったんだ」

「ブラズが？」

「そうだ」

「まあ……お見舞いのカードを送るわ」

父がくすりと笑った。「さすがはぼくの優しい娘だ。元気かい？」

「ペントハウスのベッドに座って、もう何年も手をつけていないクローゼットの整理をする夫を見ているところよ」

アンドレアスは広い肩越しに彼女にちらりと笑みを見せた。ドミニクは彼の大柄で、たくましい体つきが大好きだった。彼のすべてが大好きだった。

「ということは、仕事に戻ってこないんだね？」

「ええ」

「その声からして、この前の日のブラズみたいに幸せそうだな。ぼくが仕事から帰ってきたら、ブラズのやつ、髭に鳥の羽をつけていたよ」

「パパ、猫は鼠を食べるものよ！」

「ブラズは鼠もたらふく食べていたようだよ。天国では、なにを追いかけるつもりなんだろうなあ」

父ほどドミニクを笑わせる名人はいなかった。

「パパ、大好きよ」

「ぼくたちもおまえが大好きだよ。とりあえずそのままがんばるんだな。うまくいっているようだね。パパとママが応援していることを覚えておくんだよ」

「わかっているわ」ドミニクはかすれ声で返事した。「大好きな義理の息子によろしく伝えてほしい。おまえが来てと言ったら、いつでもアテネに飛んでいくからね」

「彼に伝えておくわ。ママにわたしの代わりにキスをしておいて」

「お安いご用だ」

両親はドミニクの知っているうちで、もっとも仲のいい夫婦だった。「おやすみなさい、パパ」

「元気で」

「パパも」

ドミニクは電話を切った。

もうアンドレアスは箱を三つ取りだして、ドアのそばに積みおわっていた。

「あなたは大好きな義理の息子だそうよ。よろしく伝えてほしいと言っていたわ」

アンドレアスはドミニクのほうを向いて背中を押すと、いっしょにベッドに寝そべった。「そう言うしかないだろうね」彼は唇を重ねたままささやいた。

「いいえ」ドミニクは生真面目に答えた。「サラエボに戻って、あなたと離婚すると両親に伝えたとき、子どもをなくした気持ちになったそうよ。嘆き悲しんでいるのは、あなたのご両親だけではないわ」

6

ドミニクのすみれ色の清らかな瞳は、アンドレアスの心のとりでをすり抜け、魂を貫いた。彼はなめらかなブロンドの髪に指をからめ、感触を愛おしんだ。

「ぼくの両親のことで、きみになにか吹きこんだのは誰なんだい？　両親はきみをあんなふうに考えていないし、言ったこともない」

たちまちドミニクの表情が曇った。「どうでもいいことだわ」

「ぼくにはどうでもよくないんだ。きみが傷ついたら、ぼくも傷つく」

「わたしも同じ気持ちよ。だから、過去のことを蒸し返して、自分たちを苦しめるのはやめましょう」

アンドレアスはドミニクを見下ろした。「もしポールをかばっているなら、ぼくに教えてほしい」

「アンドレアス……ポールのはずがないでしょう。彼はあなたに忠実だわ」

アンドレアスは途方もない安堵を感じるとともに、ふたりの結婚に揉めごとの種を振りまいて喜んでいるかもしれない唯一の人物の名がひらめいた。

「テオをかばおうとするなんて、彼はいったいきみにどんな影響力を持っているんだ？」

「テオではないわ。もし誰か言ったら、あなたが誤解するかもしれないから、この話はしたくないの」

「誤解するかどうか、試してごらん」

アンドレアスはドミニクが身震いするのを感じた。

「オリンピアに悪気はなかったのよ」

オリンピアだって？

「彼女とあなたの妹さんは、わたしが現れるずっと前から、あなたのお嫁さんにふさわしい女性の心づもりがあったようなの。ギリシアの名家の黒髪の美女よ。あなたがわたしと結婚すると言ったとき、ご両親はどんなにショックだっただろうって、ふたりで笑いあったものよ。彼女の言うとおりだわ。それだけの話なの。オリンピアになにも言わないと約束して」

アンドレアスはもっとも芳しい香りがする妻の首元に顔を埋めた。「約束するよ」

「ありがとう。もし妹さんが生きていらしたら、きっと同じことを言って、ふたりで大笑いしたと思うわ。ほら、〝人生は計画どおりには進まない〟と言うでしょう？　もしわたしががんと診断されなかったら、ニューヨーク大学を卒業していたし、おそらくニューヨークに住む人と結婚していたわ。それにあなたも、きっとご家族が思い描いていたような女性と結婚していたわね」

「ぼくの人生はぼくが決める」

「そんなに深い意味はないのよ。もしわたしに兄がいたとしたら、すてきな女性を見て、〝兄は彼女と結婚したらいいのに〟と言うと思うわ。それが人の常よ。あなただって、ポールにぴったりだと思う女性に出会ったことはない？」

アンドレアスはくすりと笑った。「まいったよ！　きみの言うとおりだ」

「よかったわ」

アンドレアスは妻の唇がほしくてたまらなくなり、不安を振りはらって、キスをした。ドミニクが目の覚めるような反応を示し、彼は抗しがたい力に押しながされて情熱を解きはなち、時間も場所もわからなくなった。

数時間後、ふたりともいったん満足したところで、ドミニクはアンドレアスの胸に背中を押しつけ、抱きしめられて横たわっていた。「このベッドでセックスしたのは初めてだと気づいていた？」

「ほかにも初めての場所はあるよ」彼はからかって、彼女の耳を嚙んだ。

「わたしもよ。でも、シャワーをいっしょに浴びるとなると、ベッドから出なくてはならないわ。今はここで満足感に浸りたいの」

「それなら、また朝にね」

「デートの約束ね」

アンドレアスはドミニクをきつく抱きしめた。幸せすぎて怖かった。「さっき言っていた計画のことを教えてもらえないかい？」

ドミニクは彼のほうを向いた。「わたしは乗り気になっているけど、あなたはどう思うかしら。もし抵抗があるようなら、プランBを提案するわ」

妻の言うこと、なすことが心の底からアンドレアスを魅了した。「プランBのことは忘れるんだ。プランAを聞こうか」

「まるで本物のスタマタキス氏みたいな口調ね」ドミニクは目を紫の星のように輝かせた。

「それで」彼はドミニクの形のいい鼻の先に口づけした。

「ギリシア語に堪能になりたいから、個人教師を雇おうと思っているの。それはともかく、プランAを話すわ。手術の前、地元のがん協会のボランティアが会いに来てくれたの。同世代の女性だったわ」

ドミニクにがんと言われて、アンドレアスは身がすくみそうになるのを必死でこらえた。

「彼女も同じ治療を受けていて、自分の体験について話してくれたわ。彼女にしか答えられない質問がたくさんあった。それがどれほど助けになったか。わたしはスタマタキス・がん財団を設立して、がんを克服した人たちを集めたいの。ボランティア組織としていつの日かギリシア中の病院やクリニックを訪問し、あの女性がわたしにしてくれたのと同じ仕事をするのよ。理解を深めることで、恐怖はかなり軽減されたわ。同じ苦境に直面している女性たちのために、わたしもそういう仕事がしたいの」

アンドレアスは枕に寄りかかって、きみのがんのことは考えたくないと言いたい衝動と闘った。

「がんへの認識を高め、命を救うためのプロジェクトとして、市民マラソンを主催してはどうかと思うの。わたしがザキントスで出場したようなマラソン大会よ。出場者は、がんを克服した人たち。ギリシアの各地で、二、三カ月おきに開催したらどうかしら。まだ詳しいことはわからないわ。計画をよく練らなくてはならないし、地方自治体にも協力してもらわなくてはならない。でも、きっと張りあいのある仕事になるわ。なにより、社会に貢献できる」

ドミニクは夫の胸に寄りかかり、両手で彼の顔を包みこんだ。

「がんと聞くだけで、ぞっとするのはわかるわ。家族はみなそうよ。でも、逃げないで立ちむかって、いっしょに闘ったら、わたしたちの絆(きずな)はいっそう強くなるわ。もちろん、一朝一夕にはできない。あなたに合わせて、ゆっくりと実行に移すわ。でも、あなたの気が乗らないなら、ここで大学を卒業しようかと思っているの。ニューヨーク大学の単位がどれくらい認められるかわからないけど、学位は取っておきたいから」

アンドレアスは彼女の両手に手を伸ばし、指先にキスした。「一晩考えさせてくれないか」

「もちろんよ。なにも急いでいるわけではないの。わたしたちの人生は長いわ」

ドミニクはあまりにも勇敢だった。彼には言うべき言葉が見つからなかった。

「わたしを天使のような存在に祭りあげないでね」ドミニクは彼の心を読んだ。「何千、何万もの女性が、わたしと同じ境遇に身をおいているのよ」

「驚異的な女性たちだ。女性のほうが強いと以前、父が言っていたよ。そのとおりだと思う」

ドミニクは身をかがめて、彼の唇にキスした。

「親切な男性ほど強いものはないと、以前母が言っていたわ。あなたは男性ならではの資質に恵まれていて、親切なところがいちばんの特徴だものね。すてきよ、アンドレアス」彼女はふいに目を曇らせた。「手遅れになる前に、テオにも少しは親切にしてあげられたらよかったわね」

いったいどこからテオの話が出てきたのか。アンドレアスは妻の話についていけなかった。「オリンピアが彼と結婚したのが、間違いだったんだ」

ドミニクの濃いまつげに縁取られた瞳は涙を湛(たた)えると、濃い紫色に変わり、アンドレアスを虜(とりこ)にした。「でも、結婚しなかったら、かわいいアリが生まれなかったわ」

「同感だ」

ドミニクはアンドレアスの肩をつかんだ。「親権を放棄したことを、テオから聞いたわ」

　アンドレアスが気づかないうちに、会話は深いところに達していた。

「テオはアリが生まれてからずっとかかわっていない。オリンピアを見舞ったとき、テオは一度も来ていないと言っていたよ。鑑定で彼の息子だとわかったとき、テオが心を入れかえてくれればと願っていたが、なにも変わらなかった」

　ドミニクはむせび泣いた。「テオから話を聞いて愕然としたわ。自分の息子を捨てる人がいることが、ただ理解できなかった。アリには父親が必要よ。でも、テオはオリンピアが自分と結婚したのは、はずみだと言っていたわ。オリンピアは彼をひどく傷つけたのね」

「なんのはずみだ？　オリンピアはそれまで大勢男友だちがいたが、テオと出会ったときには誰とも真剣につきあっていなかった」

「テオが言うのはあなたのことよ」ドミニクは震える声で言った。

「わかっている。でも、それはとんだ濡れ衣だ」

「彼女とつきあいはなかったというの？」

「つきあいはあったさ。ここ何年か、彼女は妹のような存在だった。マリスが他界してからは特にね。テオがほかになにか勘ぐっているとしても、それは彼の問題だ」

　ドミニクが唇を噛む仕草があまりにも官能的で、アンドレアスはまたキスをせずにはいられなかった。

「痛ましい問題だわ、アンドレアス。テオは怒りと嫉妬に苛まれて、いたいけな赤ちゃんにやつあたりしているわ」

「テオはまともではないんだ。オリンピアは結婚後すぐに気がついた」

　ドミニクは一瞬ためらった。「テオに虐待されていたの？」

「ああ」

「暴力を振るわれたの？」

「精神的にもだ。ぼくの家族とのつきあいを彼は禁じたんだ。どうにかして、ぼくから引き離そうとしたんだろう」

ドミニクはヘッドボードに寄りかかって座った。

「オリンピアはテオとどうやって知りあったの？」

「ぼくを通じてだ。マリスが亡くなってまもなく、家族をクルーザーで海に連れだしたんだ。オリンピアと彼女を育てたおばさんも招待してね。二週間いっしょに過ごした。ぼくにはどうしてもはずせない仕事があって、船と仕事場を往復していた。テオは共通の仕事をしていた関係で、シグナス号に連れてきたんだ。そこでオリンピアに出会った。ふたりは恋に落ち、電撃的に結婚した。そして、ぼくが食いとめられたはずの間違いを犯すことになった」

「どうやって食いとめられたの？」

アンドレアスはかぶりを振った。「わからない。前兆に気づくべきだったよ」

ドミニクは彼の胸をなでた。「どうやら誰も気づかなかったようね。それが普通よ。あなたも結婚したとき、わたしがどんな厄介な存在になるかわからなかったでしょう」

「ドミニク」彼は彼女の手を押さえて、握りしめた。「なにもかも自分のせいにするのはやめるんだ。結婚にはふたりの人間がいる。ぼくはきみに夢中だった。すべてが完璧で、それがずっと続くことを願っていた。いつのまにか、ぼくは障害物をひとつ残らず、きみが行きあたってもいないうちに消そうとしていた。だが、ひとつだけどうしても避けられなかった。オリンピアに秘密にすると誓ったからだ」

ドミニクは彼の隣の枕に頭をのせた。「話す準備ができたら、話して」ドミニクはそう言いながら、むさぼるようにアンドレアスに口づけした。

再び、惜しむことなく愛を与える新しい妻は、アンドレアスの頭からすべてを消し去った。欲望だけが残され、それは満たせば満たすほどいっそう燃えさかった。

「今出るわ」ドミニクは食料品をどっさり抱えながら、ペントハウスに入っていった。キッチンの電話のほうに急いで駆けだしたので、袋から苺(いちご)がこぼれ落ちた。

「もしもし？」ドミニクはかがんで電話を取った。

「ドミニク？」

「どなた？」

「オリンピアよ」

「連絡してくれたのね。うれしいわ」

ドミニクは驚いたが口には出さなかった。アテネに戻ってきたら電話をするとは言っていたけれど、こんな早くにしてくるなんて。

「息を切らしているわね。体調がよくないの？」オリンピアがきいた。

「元気よ」オリンピアはいつもこのようなことを言ってドミニクの自信を挫(くじ)いた。「買い物から戻ってきたところで、ちょっとへまをしてしまったの。まだザキントスにいるの？」

「いいえ。今朝、ポールといっしょにヘリで戻ってきて、今はおばの家にいるわ」

「おばさまはアリが恋しかったでしょうね」

「ふたりとも再会を喜んでいるわ。それで電話したの。今日の午後、特別な予定がないなら、いっしょに買い物に行かない？」

「また次の機会にごいっしょさせてもらうわ。今夜はアンドレアスの両親をうちに招待したの。これから料理に精を出さなくてはならないのよ」

「マリアはいないの？」

「大がかりなパーティーだったら、彼女に手を貸してもらうところだけど、今夜はわたしがアメリカの料理を準備するつもりなのよ」

「楽しそうね」

オリンピアは招待されるのを待っていた。「もしよかったら、いらっしゃらない？」

「お邪魔でしょう？」

「そんなことないわ。アリといっしょにどうぞいらして。アンドレアスの両親もふたりに会えたらきっと喜ぶわ」

「本当にいいの？」

「もちろんよ」

「時間は？」

「七時よ」

「アリといっしょにうかがうわ。お招きありがとう」

電話を切ったとたん、ドミニクはアンドレアスの事務所に電話をした。

「ドミニクかい？」

「ええ、そうよ」

「だいじょうぶかい？」

数時間であろうと、一日中であろうと、ふたりが離れているときは、アンドレアスの口からきまって最初に出る言葉だった。

「だいじょうぶよ。オリンピアがアテネに戻ってきたの。夕食に招待したわ。よかったかしら？」

ドミニクは夫のかすかなためらいを察した。「彼女は両親が来ることは知っているのかい？」

「ええ。実は少し寂しそうだったの。離婚して赤ちゃんをひとりで育てるのは大変なことだわ。親友のマリスもいないし、きっと途方に暮れているのね」

「きみはとても思いやりがあるね」

「魂胆があるの」

「どんな？」

「きっと寂しい思いをしているはずのある人も、招待しようと思っているの。でも、電話番号を知らないのよ」

「縁結びかい。誰かお聞かせ願おうかな」

「ポールよ」

アンドレアスは聞きとれないなにかをつぶやいた。

「まずい思いつきだと言う前に、ちょっと聞いて。ポールはアリに夢中だわ」

「ぼくらはみんなアリに夢中だ」

「ほら、ことわざにもあるわ。〝わたしを慕うなら、子どもまで慕え〟」

「ドミニク。ふたりは長年、友人だったんだ。もしなにか起こるなら、もっと前に起きているとは思わないのかい？」

「わからないわ。ポールは心の準備ができていなかったのかもしれないわ」

「どこからそんな考えが出てきたんだい？」

「アリと遊んでいるときの彼のまなざしからよ。あの優しさは、普通の人が赤ちゃんに抱く興味を超えているわ。三人を偶然に会わせて、成り行きに任せて悪いことがあるかしら？」

「ぼくは別にいいが、ポールが来るかどうかは保証できないよ。きいてみようか？」

「今回は、わたしの口からきいてみたほうがいいと思うわ」

「上司の口からよりは？」

「そういう言い方をするなら、そうね」ドミニクはくすりと笑った。「もしわたしがきいたら、断ろうと思えば断れるわ。どう反応するか見るには、おもしろい機会だと思うの」

「きみのおかげで、ぼくまで好奇心をかきたてられてしまったよ。彼の番号は――」

ドミニクは電話のそばのメモに書きとった。「働きすぎないでね。では夜にね」

「夕食はなにかな？」

「絶対に食べたことのないものよ」

「そういうことなら早めに帰宅して、食前酒でも……できれば、寝室で出してもらおうかな」

「あなたったらまだ昼間よ。待っているわ」

幸せにみたされて、ドミニクは電話を切ると、すかさずポールに電話した。彼は二回目の呼び出し音で出た。発信番号を見て、アンドレアスからの電話だと思ったらしい。

ポールはドミニクが聞きとれないギリシア語でなにか言った。

「ポール？　ドミニクよ」

「こんにちは」彼の声には驚いたような響きがあった。

「今夜、なにか予定があるかききたくて電話をしたの」

「はずせない用事はありません。アンドレアスの用はなんですか？」

「アンドレアスではなく、わたしのなの。今夜七時に、オリンピアとアンドレアスの両親を夕食にお招きしたの。あなたにもいらしてほしいのよ。ホームビデオを見るつもりよ。あなたも頻繁に登場すると聞いているわ」

電話が切れたかと思うほど、長い沈黙が流れた。

「ポール？」

「ぼくはオリンピアに興味はありません。もしうかがうとしたら、あなたのお手伝いをするためだと承知しておいてください」

ドミニクは眉間(みけん)に皺(しわ)を寄せた。「どういうこと？」

「口をすべらせました。では七時に」

「待って、ポール――」

ポールがアリに愛情を抱いているのは間違いなかった。だが、オリンピアへの関心については、的はずれだったようだ。

どうしてポールはわたしに手助けがいると思ったのだろう？　アンドレアスの両親とうまくやれるようにする手助けだろうか？

夫とこれほど親密だと感じたことはなかった。ふたりは話しあい、互いに秘密を打ちあけた。今のところ、以前のパターンに逆戻りしていない。

だが、ポールの謎めいた言葉にドミニクは不安になった。てきぱきと夕食の準備をしながらも、巨大な積乱雲に隠れた太陽のように、陽気な気分は消しとんでいた。

優雅なダイニングルームの食卓を整えると、ドミニクはバスルームに急ぎ、シャワーを浴びて身支度をした。青と白のジャージの新しいプリントドレスのジッパーを上げようとしているところに、アンドレアスが寝室に入ってきた。

「手伝おうか？」

アンドレアスは目にいたずらっぽい光をきらめかせ、ドミニクのほうに近づいてきた。彼女の体中にぞくぞくするような期待感が駆けめぐった。

アンドレアスはジッパーを上げるどころか、細い肩ひもを下ろし、ドミニクの首筋に口づけした。彼の両手が腰とおなかをせわしげに這いまわり、彼女の脚から力が抜けていった。

「まもなくご両親がいらっしゃるわ」

「ふたりのことは気にしなくていい。リビングで待っているよ」

「ほかにもお客さんは来るのよ」

彼の両手が彼女の体の上で止まった。「ポールかい？」

「ええ」

アンドレアスは彼女の耳たぶを優しく噛んだ。

「ほかにぼくが知らないことは？」

ドミニクの心臓が激しく打った。ポールに電話で言われたことを話すなら今だ。だが、彼がドミニクだけに伝えようとしていたことは直感的にわかっていた。

　今夜は目を見開き、耳を澄まして、よく観察しよう。夫と寝室に戻ってから伝えればいい。そのころになれば、謎が解けているかもしれない。

「幸せな結婚をしている女性は、みんなにも幸せな結婚をしてもらいたいと思うものよ」

　彼女の返事に夫は満足したらしかった。アンドレアスはジッパーを上げ、彼女の体をこちらに向かせた。ふたりは唇を重ね、熱烈なキスをした。

「こんばんは（カリスペーラ）！」

「どうしましょう。お父さまの声みたいだわ」

「ふたりとも早いなあ。きっと今夜が待ちきれなくて、秒読みしていたんじゃないか」

「そうだといいわね。あなたがシャワーを浴びているあいだ、飲み物を出しておくわ」

「そんなに急がないで」アンドレアスはもう一度情熱的なキスをしてから、しぶしぶドミニクから離れた。

　ドミニクはほてった頬を義理の両親に見られるのを覚悟しながら、リビングに入っていった。

　またしてもドミニクの姿はちょっとした興奮を巻きおこした。

　アンドレアスの父エリはドミニクを見たとたん、ぽかんと口を開けた。義父は典型的な映画プロデューサーのようだった。鼈甲（べっこう）縁のめがねをかけ、髪は薄く、息子ほど長身ではないが、たくましい体格をしていた。

　ドミニクはエリのところに歩いていき、頬にキスしてから、義母のバーニスのほうを向いた。彼女は目を見張るような美人で、アンドレアスの容貌（ようぼう）と黒い髪は母譲りだった。

「おふたりにいらしていただいて、うれしいですわ。どうぞおかけになって。アンドレアスは帰宅したところです。まもなく出てきますわ」

両親が長椅子に腰を落ち着けるあいだに、ドミニクはコーヒーテーブルにおかれたガラス製のパンチボウルからライムのシロップをかけたかき氷(スラッシュ)をよそって、ふたりに出した。両親は一口食べると、おいしいと褒めたが、会話は続かなかった。

ふたりが他人行儀な態度を崩さないので、ドミニクは堅苦しい雰囲気を思いきってほぐすことにした。

「アンドレアスからなにを聞いているかは、わかりません。でも、わたしが息子さんを愛していること、結婚をやりなおすためにギリシアに戻ってきたことはお知らせしておきます」

一瞬、義父の黒っぽい目に食い入るように見つめられ、ドミニクはアンドレアスの瞳を思い出した。

「それはよかった」彼はようやく口を開いた。

「あなたが出ていったとき、息子はずいぶん傷ついたのよ」バーニスが言った。「一年でずいぶん痩(や)せたわ。でも、あなたはふっくらしたようね。きれいになったわ。まだ気が早いのはわかっているけど、そのうち孫を抱かせてもらえるのかしら？」

ドミニクは義母が本気で尋ねているのがわかって、手を伸ばし、彼女の腕にそっと触れた。「がんはもうありません。一日も早く赤ちゃんがほしいと心から願っていますわ」

その言葉には魔法の力があったようだ。両親は笑みを浮かべ、すっかりくつろいで、とてもわたしのことが気に入らなかったようには見えない。アンドレアスは、自信が持てないわたしの気持ちが認識をゆがませているのだと、何度も否定していた。今になって言うとおりだとわかって、恥ずかしくなった。

「ほかのお客さまがいらしたら食事にしますね」

バーニスは目をしばたたいた。「ほかにどなたが？」

「まず、オリンピア」

ドミニクは義理の父母が心配そうな視線を交わしたのを見逃さなかった。

「数カ月前、夫を信頼しなかったことは、間違いだったと気づきました。つらいことはたくさんありましたが、すべて過去のことです。オリンピアは家族の一員のようなものなのですよね。だから、今夜もお誘いして、アリを連れてきてもらうことにしました。アリは本当にかわいいんですよ」

「赤ちゃんを見たのかい？」エリはショックを受けたようだった。

「ええ。アンドレアスを捜しに行ったとき、クルーザーでふたりに会いました。ポールはアリに夢中なので、彼も夕食にお招きしました。あら、来たようですわ。ちょっとお待ちになって」

玄関ホールから声が聞こえてきたので、ドミニクは様子を見に行った。アンドレアスが一足早く、三人をリビングに案内してきた。

アンドレアスは息をのむほどすてきだった。真珠色のズボンに黒いシルクの開襟シャツを着て、襟元からうっすらと胸毛をのぞかせている。

ドミニクはオリンピアのほうに視線を移した。黒いプリントドレスが、日焼けした官能的な体を見事に際立たせている。ポールはクリーム色のジャケットの下にクランベリー色のクルーネックのシャツを着ていた。彼もすてきだった。

だが、当然ながら、かわいらしいセーラースーツを着たアリが、主役の座をさらった。「みなさん、自由にスラッシュを食べていらして。テーブルに夕食を運んでくるわ」

アンドレアスは妻の腰に手を回した。「手伝うよ」

ふたりがキッチンにたどりつくと、ドミニクは夫に背中を壁に押しつけられて、驚いた。

「なにをしているの？」

「今夜のきみがきれいすぎるからだ。食事の前に、別の食前酒が飲みたいんだ」

情熱をたぎらせたキスは、ドミニクを欲望でぐったりさせた。もっと彼を近くに感じたいという欲望で、自分がどこにいるのかわからなくなった。

「あら、失礼――」オリンピアの声だ。「アリの哺乳瓶を冷蔵庫に入れさせてもらおうと思って」

アンドレアスは羨ましいほど落ち着いていた。

「こっちだ。ぼくが入れてこよう」

ドミニクは慌ててレンジに駆けより、なにかにつかまってよろめく脚を支えようとした。

夫に手伝ってもらいながら、ドミニクは料理をテーブルに並べた。彼女はダイニングルームにお客たちを呼んだ。ポールはアリを携帯ベビーベッドで眠っているまま連れてきて、オリンピアの隣の床においた。

みなが、なによりも夫が、お手製のポットローストを夢中で食べるのを見ていると、ドミニクの心は温かくなった。男性陣が料理をすっかり平らげた。食べ残しがなかったということは、メニューが大当たりだったということだ。

当然、アリのこっけいな仕草が会話を独占した。ディナー・パーティーが盛りあがる様子をうれしく思いながら、ドミニクは席を立ち、苺ショートケーキを全員に切りわけた。

エリは食べおえて頭を上げた。「ドミニク、きみがこんなに料理上手だったとは思わなかったよ」

「ありがとうございます」

「アテネにレストランが開けますね」ポールは気の利いたせりふで盛りあげた。

「本当にそうだわ」バーニスも同意した。

アンドレアスは黒いジェット機のように目を光らせて、ふたりだけにわかる感謝の視線をすばやく送ってきた。

「どこでこんな苺を見つけたの？」オリンピアは知

りたいようだった。

「プラカの小さな店よ。いい品をおいているの」

「今度連れていって」

「喜んで」ドミニクは周囲を見まわした。「お食事が終わったら、アンドレアスとわたしでみなさんを驚かせようと思っていますの。書斎へどうぞ」

もうアリは目を覚まし、ミルクをほしがっていた。アンドレアスが温めに行っているあいだ、ドミニクは書斎に向かった。

全員が席についた。「ずっと家族のビデオを見たいと思っていました。それで、アンドレアスをせっついて、クローゼットの奥から出してもらいました。ここにいる全員が映っているそうです」

それからの二時間は、アンドレアスの両親の笑いと涙でときたま中断しながらも、予想外のひとときになった。

アンドレアスはビデオを年代順に整理していた。彼とマリスが誕生会や、祖父母や親戚(しんせき)の集まりに参加する姿が流された。ふたりが学校に入学するころになると、ポールとオリンピアの姿が目につくようになった。

最初から、オリンピアがアンドレアスに憧(あこが)れていることは薄々わかっていた。だが、ビデオには彼女の執着ぶりがありありと映しだされていた。

最近のビデオには、二十代のころのふたりが映っていた。オリンピアが彼の気を引こうとして、極端に小さなビキニでうろうろする場面は、見ていると心苦しくなるほどだった。

彼女は息をのむような美女で、どんな男性でも魅了できただろう。アンドレアスはいつも上機嫌で相手をしていたが、彼女には関心を抱いていなかった。それは、妹のようなものだという夫の発言を裏づけていた。

しかし、オリンピアのほうがどんなことをしてでも彼に注目されようとしていたのは、痛々しいほどわかった。彼女は思いつめ、恋をした女性に特有の症状をすべて示していた。

ほかにも気づいたことがあった。ポールはマリスに夢中だった。子ども時代から彼女に関心を示していたが、見たところ、マリスのほうも同じ気持ちだったようだ。

最後のビデオを見おわると、アンドレアスは明かりをつけた。両親は目を拭いた。ふたりとも息子からドミニクへと視線を行き来させた。

「贈り物をありがとう」エリはつぶやいた。「もう一度このビデオを見なくてはね」

「ええ」義母は胸をたたいた。「大切なマリスをもう一度見られて、心が救われたわ。耐えられないと思ったけど、その逆だったわ。すばらしい夜をありがとう、ドミニク」

ドミニクはふたりを抱擁しに行った。「またすぐに今夜のような機会を作りますわ」

「来週末は我が家にいらして」

「ええ！」ドミニクはまた彼女をきつく抱きしめた。

オリンピアを残し、全員が部屋から出ていった。アリは彼女の腕のなかで熟睡していた。

ポールがやってきて、ドミニクの頬にキスした。ふたりで玄関ホールまで歩いていった。「アンドレアスとぼくがあんなにやんちゃだったとは思いませんでしたよ。ご招待ありがとうございました」

「ふたりが切っても切れない仲だとよくわかったわ。いつでも歓迎するわ、ポール」

「感謝します。ドミニク……」ポールは小声で言いかけてやめた。残りの客がやってきて、いっしょにエレベーターに乗るよりほかなかったからだ。彼がなにかを伝えようとしたのは、二度目だった。

7

「きみは手早いね」

ドミニクはキッチンの明かりを消すと、夫に駆けよった。「一晩中、片づけをするつもりはないもの」

アンドレアスは彼女の髪のなかに顔を埋め、抱きしめながら揺らした。「両親にとって今夜がどんなに意味があったか、想像もつかないだろうね」

「また何度でもこんな機会を作りましょう」

「マリスの事故以来、あんなに幸せそうな両親を見たことがないよ。全部きみのおかげだ」彼はドミニクの首筋にキスをした。「思い出を追体験して、悲しみを洗いながすことができたんだ」

「わたしにとっても大きな意味があったわ。あなたの家族のことが、ずっとよくわかるようになった気がするわ」

「きみはもう家族の一員だ。両親がアリを見て、孫を抱く日を心待ちにしているのがわかったよ」

「それは、子どもを作りたいということ？」

「結婚したばかりのころ、子どもがほしいと思っていた。でも、きみを危険な目に遭わせるのが怖かった」

「それで今は？」

「心配はなくならないよ。でも、ドクター・ジョセフソンが気づかせてくれた。びくびくしながら生きるのは、生きていないのと同じだとね」

ドミニクは体を離して、夫の顔を見つめた。「それが聞けてうれしいわ。あなたはもう思い出せないかもしれないけど、教会の祭壇で言われたことは一生忘れないわ」

「〝神に与えられた生涯をともに生き、享受する〟」

「そう。その言葉を深く心に刻もうと、どれだけ思ったかしれない。でも、不安が邪魔をした。もうずいぶん前のことのようね。裁判から逃げだした自分と、今の自分がとても結びつかないわ。あなたを信じなかったわたしをどうか許して、アンドレアス」

彼は妻の手をきつく握りしめた。

「信じられなかったとしたら、ぼくのせいだ。裁判までの日々に起きたことは、すべてぼくの責任だ。さあ、あちらへ行こう。もうこれ以上、口を閉ざしているわけにはいかない」

ドミニクはリビングまで息をつめて歩いた。

「長い話になると思う」アンドレアスは自分は立ったままで、妻に座るよう勧めた。「あのころ、ぼくは重要な秘密を口外しないことをオリンピアに誓っていた。テオが不貞の訴訟を起こす決め手になった出来事だ。それできみには打ちあけられなかった。きみが隠しごとの気配を感じとって、間違った結論に飛びついたのも無理はない。このまま、結婚が破綻したのは全部自分のせいだときみに思わせておくわけにはいかない。正直に話していたら、きみは絶対にぼくのそばを離れなかった」

「どうしてオリンピアはあなたに、妻にも秘密をもらさないよう、誓わせることができたの？」

アンドレアスはぴたりと足を止め、罪悪感に苛まれた目で妻を見下ろした。「信じてくれ。ぼくもいやだった。でも、あのときは彼女の言い分が正しいように思えたんだ」

「そうなの」

ドミニクは懸命に涙をこらえた。オリンピアの言い分はいつでも理にかなっていたが、一歩離れて考えてみると、それらは虫のいい話ばかりだった。

「ぼくたちは長いこと、友情を温めてきた」

「ええ。ビデオを見てよくわかったわ。彼女が少女のころからあなたに夢中だったのは、一目瞭然よ。

彼女が生涯あなたを愛しつづけるのもね」

ドミニクの心臓は手がつけられないほど速く打っていた。

「アンドレアス、本当に彼女の気持ちに気づかなかったの？　気づいていたけど、知らんぷりをして、気持ちが変わるのを待っていたの？」

「ただの思春期の熱病で、ほかの男性とつきあうようになれば、消えてしまう感情だと思っていた」

「彼女は男性とつきあったことは？」

「もちろんあるよ」

「マリスが亡くなってからも、彼女が男性とつきあっていたかどうか、思い出せる？」

「わからない。あのころは悲しみに打ちひしがれていて、なにも見えなかった。テオが彼女に恋をしたとき、ぼくは喜んだよ。テオはギリシアの名家の出だし、ビジネスでも成功している。彼女のおばも、彼を気に入っていた。当初、ふたりの結婚は揺るぎないものに見えた。だが、オリンピアは折に触れて、完璧にはほど遠いことをにおわせていた。それでも、テオがどんなに支配的で虐待的な振る舞いをするかは、きみと新婚旅行から戻るまではわからなかった。そのあとすぐに彼女が電話をかけてくるようになった。オリンピアは仕事が終わる時間に、いつも電話をかけてきた。おばのミセス・コスタスはテオにかぎって間違いはないと決めこんでいたから、オリンピアはおばに話せなかったんだ」

「それで家族ぐるみのつきあいをしているあなたを、悩みが打ちあけられる人として選んだのね？」

「そうだ」アンドレアスは険しい顔でうなずいた。

「それで仕事から遅く帰宅するようになったのね？」

「虐待が繰り返されているとわかり、状況を変えなくてはならないと思った。それで家庭内暴力専門の弁護士との面談を手配した。彼女はテオにお金をもらえる状況ではなかったから、ぼくが払うと言った」

「悪いのはテオひとりだと、あなたは確信していたの?」

「そんな単純な話ではないんだ、ドミニク。もう少しでわかると思うよ」

「オリンピアはお金を受けとったの? あなたの忠告に従って?」

「いや。プライドが許さないと言われたよ。それにぼくに助けを求めたことを知ったら、テオが絶対に許さないだろう、ともね。彼女は迷惑をかけて申し訳なかったと謝ると、自分で問題を解決する道を探してみると言って、電話を切った」

「そしてまた電話があった」ドミニクはつぶやかずにはいられなかった。

アンドレアスはうなずいた。「数日間、電話はなかった。ある午後、重要な会議の最中に、取り乱した声で電話をしてきた。死ぬか生きるかの問題だから、どうしても会いたいと言うんだ」

ドミニクは口をはさみたい気持ちと闘った。

「席をはずして、廊下で話を聞いた。彼女は泣きながら、その日の午前中、見ず知らずの男にレイプされたと言った」

「レイプ――」

「早朝、歯医者に行くために車を止めた駐車場でのことだ。定期診断から戻ってくると、隅のほうに連れこまれて、暴力を振るわれた」

ドミニクの体は激しく震えた。

「どうにか車に戻ると、アクロポリス病院に行き、通報して、検査を受けた。病院関係者は夫に連絡して迎えに来てもらうと言ったが、彼女は懇願してやめてもらった」

「それであなたに電話をしたのね?」ドミニクはささやいた。

「そうだ。彼女はテオが怖かったんだ。もし言ったら、どんなことになるかわからない。だが、ぼくはビジネスの合併話の最中に、長い話はできなかったから、ぼくのアパートメントで待つよう伝えた。アパートメントに向かう途中、問題の解決法はひとつしかないと思った。結婚の解消だ。気の毒なことに、彼女には頼りになる男兄弟も父親もいなかった」

ドミニクは夫をじっと見つめた。「必要なかったわ。いつでもあなたがいたもの」

「ぼくは構わなかった。オリンピアはずっと妹のような存在だったからね。もしマリスが同じ目に遭ったら、被害を食いとめ、彼女を守るために全力を尽くしただろう」

「わかるわ」

「アパートメントに着くと、オリンピアはベッドで泣きじゃくっていた。病院で鎮静剤をもらっていたが、彼女はまだ降りかかった災難の恐怖に怯えていた。ぼくたちは長い時間、話をした。彼女はテオがレイプのことを責めて、怒りくるうのではないかと恐れていた。だから、絶対に沈黙を守ってもらいたいとぼくに言った。妻のきみにも口外しないことを誓わせた。きみとテオは友人だったからだ。もしきみがレイプの件を知って、テオになにかもらせば、離婚の計画は台無しになるかもしれないと言って。オリンピアから秘密にしてほしいと頼まれたら、きみが決して裏切らないことはわかっていた。だが、口で言わないから、情報がもれないとはかぎらない。きみの場合、目に感情が露になる。もしテオがどんなかたちであれ、オリンピアへの過ぎた気遣いをかぎつけたら、怒りに火がつきかねなかった。あのころ、ぼくときみとはうまく意思の疎通ができなかったから、レイプの件はぼくの心にしまっておくのがいちばんだと思った。テオにどう離婚話を持ちかけるか話していると、テオが寝室に飛びこんできた。

今でもどうやってアパートメントに入ってきたのか、わからない。だが、飛びこんできたテオを見れば、オリンピアから聞いていた彼の横暴な振る舞いが真実だとわかった」

ドミニクはじっと座っていられずに、立ちあがった。

「裁判ではレイプの話は取りあげられたの?」

「いや」

ドミニクはくるりと振り返った。「なんですって?」

「テオの弁護士が彼女に不利な証拠に使うのではないかと、オリンピアは恐れていた。ふしだらな女性に仕立てあげられかねないからね。彼女はそんな女性ではないが、ぼくも秘密にしておいたほうがいいと思った」

ドミニクの体は怒りと苦しみで硬直した。「それであなたは沈黙を守り、テオの不貞の告発の矢面に立たされなくてはならなかった、というの?」

「それは別にいい。真実がわかっているから、どうということはない。きみがぼくの味方でいるかぎり、ほかのことはどうでもよかった」

「でも、わたしは味方にならなかったわ! 裁判所から逃げだして、あなたを見捨てたのよ。もし本当のことを知っていたら、絶対にあなたをおいて逃げたりしなかったわ!」

「ドミニク――」

「やめて」ドミニクは絶望して両手を広げた。「あなたは全然悪くないわ。悪いのはオリンピアよ。重大な秘密を妻にも隠すようあなたを追いこんだのよ。レイプされたことは、心から気の毒に思うわ。でも、どんなにつらかったとしても、あなたにそこまで要求する権利はないわ」

ドミニクの頬は焼けるように熱かった。

「悪気があってもなくても、オリンピアはあなたの善良さや長年の変わらぬ友人関係をいいことに、わたしたち夫婦のひびの入りかけていた関係にとどめをさしたのよ！　考えてみて、アンドレアス。わたしはオリンピアと友人になろうとした。あなたにとって大切な人だからよ。でも、もし彼女が別の面倒事に巻きこまれて、また助けを求めてきたらどうするの？　またわたしになにも言わないで、彼女を守るために飛んでいくの？　夫婦に隠しごとがないかぎり、わたしはどんな困難にも耐えられるわ」

「もう二度と隠しごとはしないと約束するよ」

そう言われても、ドミニクの気分は少しもよくならなかった。

「あなたの言葉を信じるわ。でも――」

言いかけたドミニクを、アンドレアスは抱きすくめた。「オリンピアがなにを言っても、きみにも話すと約束するよ。例外はなしだ」

ドミニクは夫にすがりついたが、心は揺れていた。彼はオリンピアにどれほど心を支配されているか、気づいていない。

今彼が言ったことを考えても、オリンピアが今後またなにかの問題を抱えて、自分を頼ってくることは認めているのだから。

ギリシアに戻ってから二度、ポールはなにかを言いかけてやめた。オリンピアに関することなのだとようやくわかった。

「ドミニク？　なにを考えこんでいるんだい。もし信じないなら……」

ドミニクはゆっくりとアンドレアスの腕から抜けだした。「もちろん信じているわ」絶対に泣くまいと心に決め、顔を上げて目を合わせた。「マリスのことを考えていたの。今夜、ビデオを見てはっきりわかったわ。ポールとマリスは強烈に惹かれあっていた。カメラが彼をズームインすると、いつでもマリスを見つめていた。マリスも笑い声をあげたり、せつないまなざしを送ったりしていたわ」

「ぼくらはいっしょに育ったんだ。でも、ポールもマリスも互いへの感情についてぼくに話したことはない。成長するにつれ、ふたりともほかの異性とデートをするようになった」

「ふたりとも独身を通してきたのは、妙だとは思わなかった？」

「ポールは束縛がきらいなんだ。ぼくの友人は、大半が二十代の終わりか、三十代の始めまで結婚しないよ。マリスについては、つきあっていた男性で彼女に見合う男性はいなかった」

「彼女にそう言った？」

「何人かについてはね。兄としての意見だよ。いつの日か、彼女の人生にふさわしい男性が現れて、その男と結婚してくれればと願っていた」

「それはポールではないかという気がするわ」

「本当にそうなら、どうしてポールはもっと前にぼくに言わないんだ？」

「きっとあなたの反応が怖かったのよ。反対されると思ったのかもしれないわ」

「ありえないよ。ポールはぼくが知る最高の男だ」

「彼は、あなたにそう思われているなんて、夢にも思わないでしょうけど」

「本気で言っているのかい？」

「ええ。ごく最近までポールがどんなに優しくて、恥ずかしがり屋かわからなかったもの」

「ポールが？」夫は怪訝な顔をした。

「そうよ」

「ポールなら、どんな女性でもよりどりみどりだよ」

「彼が求めている女性をのぞいてはね」

アンドレアスはうめいた。

「別荘の寝室に入ってきて、ポールを隠れた才能の持ち主だとからかったことを覚えている？」

「それがどうしたんだい？」

「ポールはあなたに背中を向けていたから、見えなかったでしょうけど、彼は赤ちゃんをあやすところを見られて赤面していたのよ。まったく知らなかったポールの一面を見た思いがしたわ。きっとマリスのことも独り静かに悼んでいて、誰も気づかなかったのね。ビデオを見ているときも、最初から最後までマリスの姿に釘(くぎ)づけだったわ」

「ぼくに打ちあけてくれていたら」アンドレアスは苦しそうにつぶやいた。

「もう前のことだし、あなたもどうしようもなかったでしょう。でも、一度ポールに尋ねてみたら？　ポールも気持ちが軽くなるかもしれないわ。わたしたちの仲を裂く原因になったオリンピアの秘密みたいに、彼の秘密もマリスとの究極の幸せを奪ったのかもしれないもの。今夜はご両親の心を軽くしたけど、ポールは重い心を抱えて帰宅したようだわ」

「ほかにも何か発見はあったかい？　聡明(そうめい)な奥さま？」

「ハンサムな少年が、生き生きとしたすてきな男性に成長していくところよ。わたしと出会うまでよく独身でいてくれたと思うわ」

　アンドレアスはドミニクの顔を上げさせて自分のほうを向かせた。「愛しているよ、ドミニク。きみはぼくの人生そのものだ。さあベッドに行こう。きみがどんなに大切か、何度でもわからせてあげるよ」


　月曜の朝、ドミニクはひとかかえの宿題を持ち、アテネ大学の個人教授の事務所から出てきた。彼女はタクシーでアクロポリス病院に向かった。ボランティアの代表者と計画について話しあうために、面会の約束があった。

　土曜の夜、ドミニクとアンドレアスはパーティーを主催して、有名な実業家たちとその妻をもてなした。その席で、彼は妻ががんの財団を設立し、責任者を務めることを発表して、ドミニクを驚かせた。

こんなに胸が躍ったことはない。わたしたちの結婚はきっとだいじょうぶだ。

だが、話しあいたい人物がひとりいた。

ドミニクは病院を出る前にポールに電話して、昼食時に会いたいと伝えた。彼は大切な話だと察したのか、躊躇せずに病院のそばの小さなカフェで落ちあうことを承知した。

ドミニクは一足先に店に着き、ジュースを頼んで待っていた。まもなくポールがいつものてきぱきとした身のこなしでテーブルに近づいてきて腰を下ろすと、メニューに目を通し始めた。

ウエイターが来て、ふたりはサラダを注文した。

「先日はお招きいただき、ありがとうございました。料理が絶品でした」

「何度言われてもうれしいわ。でも、今日は褒めてもらうために会いたかったわけではないの」

「わかっていますよ。なにかありましたか？」

「ポール」ドミニクは彼を見つめた。「オリンピアがレイプされた話を知っている？」

長い沈黙が流れた。「あなたがサラエボに戻って何カ月かたつまでは、知りませんでした」

「つまり、夫はあなたにも隠していたのね？」

「ぼくに言うつもりはなかったと思いますが、あなたのことでけんかをして、ようやく白状しました」

「わたしのことでけんかを？」

「ええ。ぼくは、あなたのあとを追いかけて戻ってきてほしいと懇願しないのは愚かだと、彼に言ったんです。しかしアンドレアスは、夫への信頼と愛がその程度のものなら、結婚の意味がないと激怒しました。それで、ぼくがもし彼女と同じ立場に立たされても、見捨てていただろうと言い返しました。それからは売り言葉に買い言葉。言いあいをしているうちに、アンドレアスはぼくが知らないことが――あなたに秘密にしていたことが――あるのを認めました。ぼくはレイプの話を聞いて、オリンピアの言うことを信じるとは、大ばか者だと罵倒しました」

ドミニクは目をしばたたいた。「ということは、レイプ事件はなかったと思うの？」

「あったと思いますか？」

「率直に言って、思わないわ」

「ぼくも同意見です。オリンピアはアンドレアスに秘密を誓わせておきながら、テオには一言も言っていない。裁判に持ちだされることも拒んだ。見事な嘘ですよ。あなたに精神的な打撃を与えることをよく承知して、アンドレアスを出られない箱に閉じこめたようなものです」

「そのとおりだわ」

「病院に確認を取ったかアンドレアスに尋ねると、そんな必要はないと言いました。オリンピアがそんな嘘をでっちあげるわけがないと」

「ああ、ポール」ドミニクはかぶりを振った。

「アンドレアスが信じこんでいるのを見て、もう手の施しようがないと諦めました」

ドミニクは唇を噛んだ。「乗船する前、オリンピアがいると言ったのは警告するためだったのね？」

ポールはうなずいた。

「ビデオを見て、すべてがわかったわ、ポール。でも、夫はオリンピアの強烈な執着に気づいていないようなの」

「わかっています。オリンピアは、彼女のことを知り抜いているぼくをきらっています。昨夜、ぼくも招かれているとわかって、蒼白になったに違いありません。彼女のどんな企みもぼくは見逃しませんからね」

ドミニクは両手に顔を埋めた。「オリンピアはまだ諦めそうにないわ。どうしたらいいのかしら。この前、アンドレアスはもう二度とわたしに秘密を作らないと約束したのよ」

「彼は本気でしょう」

「わかっているわ。でも――」

「でも、ぼくと同様、あなたもオリンピアを信用していない。ぼくはテオに虐待されたどころか、真実はその逆です。ぼくが見たところ、アンドレアスといっしょの現場をテオに見つかるよう仕組んだのは、オリンピアですよ」

ドミニクはさっと頭を上げた。「まさか!」

「テオと結婚したのは、生活の保障のためです」

「テオもそう言っていたわ」

「テオはオリンピアに利用されていることに、すぐに気づいたと思いますよ。ミセス・コスタスはある程度の収入しかありません。彼女の健康が徐々に衰えていくなかで、オリンピアは医療費を支払ってくれる人が必要だと思ったのでしょう」

「彼女はテオを利用したのね」

「オリンピアには良心のかけらもありません。アンドレアスがどうやっても振り向かないので、アンドレアスとの関係は変わらないことを、はっきりさせておきたかった。その後まもなく彼はあなたに出会って恋に落ちた。彼女は見るからに嫉妬心の虜になっていました。だから結婚の前後、あなたの足をひっぱろうとしたんです」

ドミニクは過去のさまざまな瞬間を思い出した。

「彼女がそこまで残酷になれるとは思いたくないけれど、何度か……」

「彼女は危険人物です。でも、彼女がどんな手を使おうと、アンドレアスが求めたのはあなただけでした。ぼくは彼女が意図的にテオを焚きつけて、不貞の訴訟を起こさせたのだと思っています」

「そして目的を達したのね。わたし、テオの事務所に行ったのよ」

「いつですか？」

「ザキントス島から、いっしょにヘリでアテネに飛んできた日よ。テオから親権を放棄したと聞いたわ」

「責められませんね。あんな女性と訪問権の協議をするのは、この世の地獄です」

「かわいそうなアリ。あの子に罪はないのに」

「ぼくも心が痛みますが、オリンピアは普通ではありません」

「アンドレアスはテオのことをそう言っていたわ」

「オリンピアのこととなると、彼はなにも見えなくなるんです。彼女は被害者ぶるのが得意ですからね。昔から、マリスを利用して彼を自分のものにしようとしていました」

「どういうこと？」

「いつもマリスに気を配ってくれる父や兄がいて、運がいいと言っていました。彼女は確信犯です。アンドレアスをだまし、そのうえテオをだまして結婚し、足手まといになると、まんまと厄介払いしたんです」

ポールが頭に描きだした想像の一部始終は恐ろしいほど筋が通っていたが、それがドミニクの心に新たな不安を生じさせた。

「テオと縁を切るのに、裁判ほどいい方法があるでしょうか？」ポールは尋ねた。「アンドレアスはレイプのことで同情しています。テオに捨てられたら、アンドレアスが面倒を見てくれるのがわかっていたんです」

「彼ならそうするでしょうね」ドミニクは声を震わせた。

「アンドレアスの目を覚ますには、レイプは嘘だという証拠をつきつけるほかないでしょう」

「それは不可能に近いわ。夫は罪が暴露される最後の最後まで、潔白を信じる人よ。オリンピアがこんな恐ろしいことをしたと信じたくないけれど、テオと話したときに彼女が嘘つきだってわかったの。彼が言ってもいないことを言ってわたしを傷つけたわ」

「驚きませんね。テオは本当に気の毒でした。でも、ぼくがいちばん恐れたのはなにか、わかりますか?」

彼女はまばたきして涙を堪えた。「なにかしら?」

「あなたに初めて会ったとき、オリンピアに八つ裂きにされるのではないかと心配でした。アンドレアスはあなたに首ったけでしたからね。もう以前の彼とは違うことに、オリンピアはすぐ気づいたと思います。だから、彼女はあなたを徹底的に憎みました。ぼくはなにか起こるに違いないと、気が気でなかった。アンドレアスはなにもわかっていなかった。彼は愛に酔いしれて、幸せに浸っていました。結果的にアンドレアスはオリンピアを捨てたのです」

「そのとおりだと思うわ。アンドレアスは自覚していなかったけれどね。オリンピアは妹の親友以外のなにものでもないと、繰り返し言っていたわ」

ポールはうなずいた。「テオと結婚してオリンピアは幸せだと思いこんでいて、あなたとの結婚で彼女がどれほどの打撃を受けたか、アンドレアスは気づきませんでした。週末にテオと自分を船に招待するようあなたを仕向けたときも、まだ気づきませんでした。あなた方は新婚旅行中だったのに。オリンピアはあなたの人のよさにつけこんだんです、ドミニク。夫のためなら、なんでもすることをあの女は見抜いていた。あなた方夫婦は彼女に操られていたも同然です」

「それももう終わり。〝備えあればうれいなし〟よ」

ポールは手を伸ばし、ドミニクの手を固く握った。

「よかった。あなたと出会ったことは、アンドレアスにとって人生で最高の出来事です。あなたがいっしょにギリシアに戻ると言ったとき、どんなに驚き、どんなにうれしかったか。結婚をやりなおすつもりなのだと直感的にわかりました」

「彼をとても愛しているの」

ポールはほほえんだ。「言わなくてもわかります」

「味方になってくれて、ありがとう。アンドレアスはあなたのことを心から大切に思っているわ。今ならどうしてかわかる。あなたが味方になってくれたら、オリンピアに勝ち目はないわ」

「オリンピアと対決をするつもりですか？」

「無理強いされないかぎりしないわ。隠しごとはもうなし、ということははっきりしたもの」

「ぼくと会ったことをアンドレアスに言うつもりですか？」

「もちろんよ。あなたといっしょの車で事務所に行って、彼を驚かせようと思っているくらいだもの」

ポールは安堵（あんど）したようだ。「では行きましょうか」

ポールはテーブルから立ちあがるドミニクに手を貸した。「ボスのことです。あなたが突然顔を出したら大喜びしますよ。そういえば、初めてですね」

「初めてのことばかりよ。どうして結婚が四カ月もったのか、わからないわ」

まもなくふたりは事務所ビルに到着し、エレベーターで最上階にのぼった。

最初のデートを心待ちにする少女のように、ドミニクは激しく胸をときめかせ、ポールのあとをついて大勢の秘書の前を通り、社長室に向かった。

ふたりが入っていったとき、アンドレアスは窓辺に立ち、電話をしていた。ポールが軽くノックすると、彼は振り返った。

アンドレアスは妻を見て、ハンサムな顔にゆっくりと笑みを広げた。彼は手短に会話をすませて電話を切った。

「ふたりとも得意そうな顔をして、なにがあった?」

「ポールとランチに行ったのよ」

「ぼくをのけ者にして?」

「ポールへの感謝の気持ちよ。彼はわたしとあなたを破滅から救うために、重大な使命を帯びて、はるばるサラエボまで迎えに来てくれたのよ。わたしたちにとってポールは真の友人よ。とても感謝しているわ」ドミニクの声は震えていた。

「ぼくもだ」アンドレアスはつぶやいた。

ポールがまた赤面した。

「そうだわ。これをあげるわ」ドミニクは彼の机に袋をおいた。「甘党のあなたにパイを買ってきたの。自分のおやつにしようかと思ったけど、あげることにするわ。そろそろジムで運動を再開して、マラソン大会で走れる体力をつけなくてはね」

「このビルの三階にジムがあるよ。好きなときに使ったらいい。ぼくも時間が工面できるときは、いっしょに運動するよ」

「うれしいわ」

「ぼくもだよ」アンドレアスは袋からパイを出して、ほおばった。

ポールはおもしろそうにふたりを見ていた。「仕事があるので、失礼します」彼は後ろ手でドアを閉め、部屋を出ていった。

アンドレアスは心臓が止まりそうなほど官能的なまなざしでドミニクを見つめた。「こっちへおいで。会議までそう時間がないんだ」

ドミニクは机に荷物をおいてから、夫に駆けよった。アンドレアスはぴったりと体を合わせ、せわしげに彼女の背中をなでながら、長く、むさぼるようなキスをした。

アンドレアスがキスをやめても、ふたりの唇はまだくっついていた。ドミニクはくすくす笑った。

「あなたの唇、蜂蜜でべとべとよ」

アンドレアスはにやりとした。「きみもだよ」

「ケーキにすればよかったわね」

「きみがここにいる。それだけでいい。おかげで残りの一日、どうにかやり抜けそうだよ」

「アンドレアス」ドミニクは夫の腰に抱きついた。「あなたが愛しくて、抱きしめられると息ができないくらい。離れ離れだった日々を思うと……」

「ぼくの気持ちがわかるようになったんだね。この窓辺に立ち、街を眺めながら、きみが戻ってきたと言って突然この部屋に入ってこないかと、何度思ったことか」

「そうしたかったわ。あなたから離れていた一分一秒、どんなに苦しんだか」

「ポールに書類を持たせてサラエボに送ったとき、きみに書類をたたき返してもらいたかった。だが、それどころかきみはポールといっしょに戻ってきた」

ドミニクは夫の顎のくぼみにキスした。「そうしたら、もう二度とわたしの顔を見たくないから、すぐに書類にサインするようにとあなたは言ったわ。あなたが本気で言っているのか、ザキントスに追いかけてこないのではないか、今度はわたしが不安になる番だった。追いかけてきてくれて本当によかったわ！」

アンドレアスは息がつまるほど激しいキスをした。

ドミニクはついに唇を離した。「このまま家に帰れたらいいのに。会議があるのね。もう行くわ」

「そんなに急がなくていい。ギリシア語の先生はどうだった？」

「若くてハンサムな独身男性よ」

「いじわるだな。レッスンはどうだったか、ききたかったんだ」

「ヤ、ヤソー、カリメーラ、カリスペーラ、カリニータ……意味もわかるわよ。試してみる？」

彼が豊かな笑い声を響かせるなか、個人秘書から呼び出しが入った。

「会議室にみんな集まったかい？」

「ミスター・カザリアンは、銀行からこちらに向かう途中だそうです」

「彼が着いたら連絡してくれ」

「かしこまりました。二番に、オリンピア・パノスから電話が入っています。緊急の要件だそうです」

8

太陽に影が差したように、アンドレアスの顔から笑みが消えた。彼は受話器を取って話し始めた。そして心配そうな顔でどうにかすると言うと、すぐに電話を切った。

「どうしたの？」

「オリンピアのおばが、ずっと痛みを訴えているそうだ。クリニックに連れていかなくてはならないが、オリンピアが運転をしたら、アリの面倒を見る人がいない。ポールに行ってもらうよ」

「彼は会議に出なくていいの？」

「秘書に書記をしてもらう」

「オリンピアには、緊急のときに頼める子守りがいないの？」

「そういうときは、おばさんが面倒を見ていたんだろう」

「今日はもう予定がないわ。運転手に電話してもらえる？　オリンピアの家に連れていってもらうわ。仕事が終わったら、落ちあいましょう」

「本当にいいのかい？」

「もちろんよ。アリを抱っこしたくてたまらなかったの」

アンドレアスはほほえんだ。「助かったよ」

「それなら決まりね。住所は？」

アンドレアスは紙に住所を書くと、すばやく熱烈なキスをして、紙を渡した。「あとで行くよ」

「待っているわ」

ドミニクがビルの外に出ると、一台のリムジンが待っていた。紙を運転手に見せてから、後部座席に乗りこむと、車は走りだした。

十分足らずで、周囲に現代的な建物が並ぶ新興住宅地に着いた。運転手は五階建てのアパートメントの正面でドミニクを降ろした。

ドミニクは運転手に礼を言い、急いでなかに入った。そして、エレベーターのボタンを押した。

三十秒後、ドミニクはエレベーターから降りて、廊下を歩いていた。アンドレアスから左から二軒目だと聞いていた。ドミニクは呼び鈴を押した。

オリンピアがすぐにドアを開けた。彼女はドミニクが立っているのを見て、驚きの叫びをあげた。

「アンドレアスは？」

ポールはオリンピアと対決をするのかきいていた。今はもってこいの機会だ。

「今日の午後、彼は大きな会議に出なくてはならないの。彼を呼びつけるというのはどうかしら。赤ちゃんがいるのだから、いつでも電話で呼びだせる子守りを見つけなくてはね。電話があったとき、彼の事務所にたままいたの。それでわたしがアリの面倒を見に行くと言ったのよ」

「信頼できる人を探すのは難しいのよ」オリンピアはかすかな狼狽も見せなかった。

「でも、見つけるしかないわ」

「アリは知らない人には懐かないの」

「赤ちゃんはみんなそうよ」ドミニクは言い返した。

「でも、世の中のシングルマザーはみんな子守りを見つけて、ちゃんと暮らしているわ。でも、今日はわたしがいるから、全員を車に乗せてクリニックに送っていくわ。それとも、あなたがおばさまと病院に行っているあいだ、アリと留守番をしていたほうがいい？」

「アリはあなたを見ると泣くわ」

「しばらくいっしょにいたら、慣れるわよ」

「どうかしら……」オリンピアは見るからに苛立っていた。

「心配しないで。あなたが戻るまで、アリにできることはなんでもするわ」

「それなら入って」

ドミニクはオリンピアのあとからリビングに入っていった。彼女のおばは椅子の隅に座り、苦しそうな息をしていた。赤毛の老婦人は片言の英語しか話せなかった。

「こんにちは、ミセス・コスタス。わたしを覚えていますか？」

「ええ」

「お気の毒に、ご気分が優れないのですね？　アリの子守りに来ました」

「あの子は眠っています」

「あなたが病院に行くあいだ、アリの面倒はわたしが見ます」

「大変ご親切にありがとう」

「どういたしまして」

オリンピアはリビングに急いで戻ってきた。「アリの哺乳瓶は冷蔵庫のなかよ。三十分もしたら目を覚ますと思うわ。それからしばらく遊ぶの。おばが重病でなかったら、次の五時のミルクのときまでには戻れると思うわ」

「心配しないで病院に行って。今夜泊まらなくてはならなくなっても、わたしがいるからだいじょうぶよ」

「ありがとうございます」彼女のおばがまた小さな声で礼を言った。

オリンピアからは一言もない。

ドミニクはふたりを玄関で見送った。つま先立ちしながら、三番目の小さな寝室に入っていくと、アリが眠っていた。まるで黒い髪をした天使のようだ。

ドミニクはリビングに戻り、ギリシア語のレッスンの宿題をすませることにした。勉強にもってこいの小さなテーブルがキッチンにあった。

四十五分後に、アリが泣き始めた。ドミニクはさっと立ちあがると、お湯を入れた鍋のなかに哺乳瓶をつけに行った。

アリはドミニクを見て、声のかぎりに泣きさけんだ。だが、抱っこをして歌をうたいながら背中をたたき、家のなかを歩いているうちに、アリは落ち着いた。何度か下唇を震わせたが、彼女がミルクを飲ませると、音をたてて一心不乱に飲んだ。

ドミニクは背中をたたいて、げっぷをさせた。ミルクがアリのおなかに収まったところで、ドミニクはプレイマットを見つけて、リビングに持ってきた。アリはおもちゃで長いあいだよく遊んだ。

「あなたがこんなにかわいいから、赤ちゃんがほしくなったわ、アリ」

ドミニクは赤ん坊のおなかに軽く息を吹きかけた。アリが声をあげて笑った。

アリの母のことを思うと胸が痛んだ。オリンピアは問題を抱えている。専門家の助けを借りて、アンドレアスへの異常な執着に決着をつけなかったら、状態は悪化する一方だろう。

　オリンピアは家をきちんと美しく整えていた。アリは申し分のない赤ちゃんで、彼女は美しい女性だ。一見、なんの問題もないように見える。

　アンドレアスも間違いなくそう思っていた。

　彼は兄のように頼りにされる立場にあまりにも慣れていた。仕事を放(ほう)りだして助けに行くことを、なんとも思っていなかった。こんなことを続けてはいけない。そうでなければ、わたしたちの結婚生活が破壊されてしまう。

　時間はじりじりと過ぎていったが、オリンピアからは一本の電話もなかった。ドミニクは別の哺乳瓶を温め、アリにミルクをやった。げっぷを出させていると、呼び鈴が鳴った。

　ドミニクはアリを肩にのせたまま、玄関に向かい、のぞき穴をのぞいた。アンドレアスが立っているのを見て、胸が高鳴った。

「どなた？」ドミニクはわざと大声できいた。

「きみの夫だ」

「本当に？　夫は仕事をしているはずよ」

「早く出てきたんだ」

「それはまたなぜ？」

「妻といっしょにいたいからだ」

「そういうことなら――」

　ドミニクはドアを開けた。アンドレアスは勢いよく入ってきて、アリごとドミニクを抱きしめた。誰かわかると、アリはかわいい顔を輝かせてアンドレアスに手を伸ばした。

「やきもちがやけるわ。午後ずっと世話をしてきたのに、アリはあなたのほうがいいのね」

　アンドレアスはアリの頬にキスした。「ぼくたちは友だちだものね、アリ？」

「アリが大好きよ。いっしょにいたら、赤ちゃんがほしくてたまらなくなったわ」

「オリンピアが戻ってきたらすぐ家に帰って、きみの願いを叶えるために全力を尽くそう。ぼくの計算では、ちょうど排卵期だ」

「そうだといいわ」

「ほかになにをしていたんだい？」

「勉強よ。でも、アリが起きてからはたいして捗らなかったわ」

「宿題を見てあげよう」

ふたりはキッチンに入っていった。ドミニクは息をつめて、宿題の答えあわせをする彼を見守った。

「間違いは一個もない。感心したよ」

「だって、四カ月も住んでいるのよ」

「何年もギリシアに滞在しているアメリカ人を知っている。会話は流暢だけど、書けないんだ」

「会議はどうだった？」

ドミニクは彼の目に勝利の輝きを見た。「上出来だったよ」

「よかったわ。あと一日はどうにか屋根の下で暮らせるわね」

ドミニクの冗談にふたりとも笑いころげた。キッチンに入ってきたオリンピアが見たのは、そんなふたりの姿だった。

「オリンピア」ドミニクがきいた。「おばさまの具合は？」

アリは母親に必死に手を伸ばしていたが、彼女の視線はアンドレアスだけに注がれていた。

「胸膜炎を起こしているけど、そのうちよくなるそうよ。横になるよう言ったわ」

「深刻な病気でなくてよかった」アンドレアスは小声で言った。

ドミニクはアリを母親の腕のなかにそっと移した。

「祖母も胸膜炎を起こしたことがあったわ。痛みがひどいのよ。でも、大事をとって休めば、おばさまはよくなるわ」

「アリは泣きどおしではなかった？」オリンピアはドミニクをねぎらうわけでもない。

「だいじょうぶだったわ。最初にわたしを見たら、少し泣いたけど、そのあとはすべて順調よ。ミルクは二本飲んだわ」

「ありがとう」

「子守りができて楽しかったわ。アリがこんなにいい子なのは、あなたがすばらしい母親だからね」

「本当にそうだ、オリンピア」アンドレアスは同意した。「夫がいる女性の大半より、ずっとうまく育てているよ」

アンドレアスに悪気はなかったが、オリンピアが内心たじろぐのがわかった。「ちょっと失礼して、荷物をおいてくるわ」

瞬く間にオリンピアは戻ってきて、玄関でアンドレアスを待っていた。

しばらくして、アンドレアスとドミニクはペントハウスに向かうリムジンのなかにいた。彼は彼女の手を握りしめた。「デリカテッセンで料理を買って帰って、ベッドで食べないかい？」

「すてきな考えね」

アンドレアスは妻を引きよせ、喉元にキスした。

「今日は、アリの子守りを見事に果たしてくれたね。オリンピアは気持ちを表に出さなかったけど、本当は感謝していると思うよ」

「彼女はお礼を言ったわ。でも、しっかり現実を見つめて、アンドレアス。これからおばさまが頻繁に具合が悪くなったら、彼女もあなたとポールに頼ってばかりはいられなくなるわ」

「そんなことにはならない。専属の子守りを雇おうと思っているんだ」

「それは賢明かしら？」

「どういう意味だい？」

ドミニクは目をそらした。「日ごとにあなたへの依存が強くなっているのがわからないの？　あなたが彼女のためになにかするたび、また次もあなたに救いを求めるわ。人間はそういうものよ。もしオリンピアがこの世界でうまくやっていこうと思うなら、自分の問題は自分で解決して、強くならなくてはならならないわ」

「彼女はきみみたいに強くないんだ、ドミニク」

「アンドレアス、彼女がつまずいた瞬間、常に誰かがいて手を差しのべていたら、自分になにができるか一生わからないのよ」

「でも、病気のおばさんと生まれたての赤ん坊が、彼女ひとりの肩にかかっている。助けは必要だよ」

ポールの言うとおりだ。長年オリンピアは被害者の役を演じてきて、アンドレアスは自分がどんなに深く巻きこまれているのか気づいていなかった。

ドミニクはオリンピアの話題は、ベッドでスブラキとチーズケーキを食べおわるまで、持ちださなかった。

「きみが事務所から出ていってから、このときをずっと待っていたんだ」アンドレアスは上掛けの下にすべりこんできた。彼はドミニクの腕をなでながら、愛の営みの序曲を奏で始めた。

いつもならドミニクは夫の体に手を伸ばすのだが、今夜はオリンピアについてどうしても話さなくてはならない。

「ねえ？」

「なんだい？」

「ちょっと話せない？」

「もちろんいいよ」アンドレアスは隣で横向きになって、片肘をついた。「なにか気にかかることがあるんだね」彼のもう一方の手は妻の腕と肩をなでつづけている。

「今日、ポールとなにを話したか、伝えたかったの」

「長い話になりそうだね」

「たいして長くないわ。もう隠しごとはしないというのはどんな意味だったか、覚えている?」

「きみはどう思っているんだい?」

「ひとつもなし、という意味よ」

アンドレアスは手の動きを止め、妻の肘の内側にのせたままにした。「深刻な話のようだね」

「ええ、とてもね。今すぐに問題の解決に取りかからなかったら、わたしたちの結婚は絶望的だわ」

アンドレアスは抗議するような声をあげた。

「あなたがこの話がしたくないのはわかっているわ。でもしかたないの」

「お願いだ、ドミニク。思っていることを言ってくれないか」次の瞬間、アンドレアスはベッドから身を起こして、ベッドの足板にかけてあったバスローブを肩をすぼめるようにして着た。

「そんなに簡単ではないの。あなたはもう身構えているわ。まだなにも言っていないのに」

「ぼくたちの結婚が絶望的だということ以外はね」

彼は嚙みつくように言った。

「出会って以来、ずっと目の前にあった問題を解決できなかったらの話よ」

アンドレアスは息を吸った。「聞いているよ」

「オリンピアはあなたを愛しているわ」

「その話はもうすんでいる」

「ポールは彼女がレイプの件で嘘をついていると考えているの。わたしもどちらかといえば、彼に賛成よ」

「なぜそう思うのか、説得力のある理由をひとつあげてみてくれ」

「あなたがもう何年も、彼女の異常な執着の対象だったからよ。専門家の助けなしでは、絶対に治らないと思うわ」

「きみとポールは、精神科医に診てもらうべきだと言うのか？」

「ええ」

アンドレアスは口汚い言葉でののしった。

「アンドレアス、できるかどうかわからないけど、一歩離れて、今日の出来事を客観的な目で見てもらいたいの。若く、美しい、離婚した女性。あなたの妻でも、家族でもない女性。彼女が事務所に電話をしてきた。あなたは多忙なビジネスマンで、妻との結婚をやりなおそうとしているところ。彼女はすべてを承知しているのに、あなたになにもかもなげうって自分を救いに来てほしいと言う。妻を通すこともしないで」

夫はもう心を閉ざしてしまったのかもしれないが、どうにかしてわかってもらわなくてはならない。

「この前の夜、わたしたちのパーティーにいた既婚男性を全部思い出してもらいたいの。彼らのうち何人に、重大な取引の最中に電話してきて、自分の頼みを聞くのが当然だと思う、若くて美人の離婚した女性の知りあいがいるかしら？　それも彼らの奥さんはなにも知らないのよ」

アンドレアスはかぶりを振った。「客観的になんてなれないよ。彼女は家族ぐるみの友人なんだ」

「あなたが妹の地位にまで昇格させた女性ね。でも、彼女はそれでは満足できないのよ。なぜって、あなたの奥さんになりたいんですもの！　それが不可能だから、あなたを自分のところに引き留めておこうとして、あらゆる関係をやっきになって破壊しようとするの。テオを厄介払いし、わたしもそうされかけた。でも、わたしは結婚のために闘おうとギリシアに戻ってきた。だから、彼女は新たな戦略に出たのよ」

「ひとつ例をあげてくれ」

「いいわ。まず知りたいことがあるの。彼女に船とザキントスの別荘を自由に使ってもいいと言ったとき、彼女のおばさまもいっしょに招待した？」

「もちろんだよ」

「それなら、わたしが乗船したとき、どうしてミセス・コスタスはいなかったの？」

「おばさんは甥の家に滞在することになったと、彼女から聞いているよ」

「おばさまに甥御さんが？」

「ああ。彼は結婚していて、子どもがいる」

「初耳だわ。どこに住んでいるの？」

「アテネだよ」

「とてもおもしろいわ。近所に甥御さん一家が住んでいるのに、おばさまの具合が悪いと、あなたに電話をしてくるのね」

「甥はたいてい忙しいんだ」

「なぜわかるの？　彼と直接話したことはあるの？」

夫の沈黙が答えだった。

「ほかにもあるわ。オリンピアの休暇は予定ではいつまでだったの？」

「九月の終わりまでだ」

「それなら、先週戻ってきたのはどうして？」

「わからない」

「いっしょに休暇を過ごす約束をした？」

アンドレアスは妻を射るような目でにらんだ。

「していないとわかっているだろう。ぼくはただ順調かどうか確かめるために、あちらに飛んで数日いただけだよ」

「だとしても、あなたも言ったように、彼女の休暇はもう三週間続くはずだった。二十一日間も早く切りあげて、金曜日にアテネに戻ってきたとたん、わたしに買い物に行きたいと電話をしてきたのは、妙だとは思わない？」

「彼女とマリスは買い物が好きだったんだよ」

「彼女には同世代の友人はいないの？」

「もちろんいるさ」

「生まれてからずっとアテネに住んでいるのに、どうして午後を過ごす相手が、わたししか思いつかなかったの？」

またしても返事はなかった。

「わたしたちが一年間別居をしていて、ふたりだけの時間をなによりも求めていることを、彼女は知っているのよ。こちらの気持ちを完全に無視して、プライベートな時間に立ち入ってくるのは、家族ぐるみの友人としてどうかしら？　ついでに言えば、新婚旅行中、週末になると必ず船を訪ねてくる家族ぐるみの友人って？　それとも、あなたはわたしに内緒で招待していたの？」

またしても、沈黙。

「知人の花婿は、新婚旅行中、家族にも古い友人にも会いたがらなかったわ。もしマリスがいたら、彼女は押しかけてきたかしら？　まずないわね。アンドレアス、意地悪や残酷な気持ちで言っているのではないの。あなたに彼女の行動について考えてもらいたいだけよ。もしこれからも彼女を結婚生活における第三の当事者にしておくつもりなら、わたしたちはうまくいかないわ。夫と妻は固く結ばれているべきよ。ほかの人が立ち入る隙間はないわ。こんなことを言わずにすめばよかったと思うわ。でも、オリンピアはわたしに対して、とんでもなく無神経な態度をとったわ。テオが〝普通の男性なら尻ごみするような女性と結婚するアンドレアスは勇気がある〟と言ったと、彼が言いもしないことをほのめかされたり」

「オリンピアは本当にそんなことを言ったのか？」

アンドレアスは厳しい口調で問いつめた。

「ええ。ほかにもいろいろ陰険なことを言われたわ。

わたしは年が若すぎるし、あなたの妻には野暮ったすぎるとか。いつも言うのはがんのことばかり。〝今日は体調はだいじょうぶなの？〟〝そのうちまた乳房摘出手術をしなければならないんじゃないの？　そんな体で結婚生活をうまくやっていけるの？〟〝死が迫っているのがわかっていながら、アンドレアスと結婚したのは正しかったかしら？〟とか」

アンドレアスは荒々しく悪態をついた。ようやくわかってもらえたようだ。

「あんなに意地悪な人は見たことがないわ。たぶん強烈な嫉妬から、彼女の最悪の部分が引きだされたのね。でも、あなたを憎むようテオを仕向けるとまでは、想像もしなかったわ。裁判で恥をかかせる気になるほど、どうしてテオがあなたに腹を立てたか考えたことはある？　元は仕事上の友人だったのよ。まったく彼らしくもない行動だわ。オリンピアがいっしょに住んでいたことを考えると、そこでも彼女が大きな役割を果たしていたと思うわ。レイプの件を秘密にするようあなたに誓わせたときも、彼女はどういう効果があるかわかっていた。あなたを新たな束縛でがんじがらめにして、支配することができるとね。あなたがやめさせないかぎり、ずっと同じことが繰り返されるわ。終わらせられるのは、あなたしかいない。わたしがギリシアに戻って一週間したたっていないのに、オリンピアは家族の夕食会に潜りこみ、あなたの事務所に電話をかけてきて、助けを求めているわ。次はなに？　アリの様子を見てもらいたいと、真夜中に電話をかけてくるかしら？　彼女はただ求めるばかりで、あなたは駆けつけるばかり。年月を重ねるうちに、あなたはそういう行動に慣らされてしまってたのよ。彼女もよく承知しているはずよ。もう少女ではないだけに、むしろどんどんエスカレートしていくんじゃないかしら。電話をしてくるのは、あなたといっしょにいたいがための口実よ。そんなことにも気がつかないとしたら、どうしてこの結婚に希望が持てるかしら？」

ドミニクは叫んだ。

「あなたと別れたくない！　でも、今の状況が変わらないなら、そうせざるをえないわ」

アンドレアスの顔から血の気が失せていった。

「どんなに愛しているかわかるでしょう、アンドレアス。ここに戻ってきたのは、あなた、そして結婚を守るために闘おうと思ったからよ。でも、いつでも彼女が真ん中にいるわ。こういう状況で将来の計画を立てたり、赤ちゃんを作ったりすることは、考えられないわ」

「ドミニク」

彼女は夫の言葉にならない哀願を聞いた。

「もしよかったら、しばらくセックスはしないでいましょう。排卵しているかもしれないわ。避妊をしても、間違いは起こるのよ。両親になるのは、結婚を揺るぎないものにしてからだわ。オリンピアがわたしたちの生活から姿を消すまで、それは無理だと思うの」

ドミニクは最後通告をした。彼女は夫が二度とオリンピアのことで不安がらせないと言い、抱きしめてくれるものだと思っていた。

恐ろしいことに、そのまま数分が経過した。突然、アンドレアスは寝室から出ていった。

また別の悪夢が始まったのだ――前よりもたちの悪い悪夢が。

「ポール？」

「アンドレアス――」

「今ひとりかい？」

「いや。五分後に電話するよ」

ポールが女性といるところだとしたら、邪魔をしたくはなかったが、どうしても今夜答えを聞かなくてはならなかった。

先ほど、ドミニクはぼくが想像もしてみなかった状況を描きだしてみせた。それはぼくを根本から揺るがした。親友ばかりか、自分の人生そのものよりも愛している女性までが、オリンピアには影の部分があると確信していた。

その瞬間、携帯電話が鳴った。

「手が空いたよ。話はなんだい、アンドレアス」

「邪魔をして申し訳なかった。ポール……尋ねたいことが多すぎて、どこから始めていいかわからない。だから、思いついたことから話すよ。さっき、ドミニクがぼくに言った。きみがマリスと愛しあっていたとね。本当かい？」

ポールが返事をしなかったことで、アンドレアスにはすべてがわかった。

「いつごろからだい？」

「高校時代からだ」

アンドレアスは眉間に皺を寄せた。「マリスに気持ちは伝えたのかい？」

「いや。オリンピアに仲立ちを頼んだんだ」

喉に苦いものがこみあげてきた。

「どんな返事が？」

「知らないほうがいいとオリンピアに言われた。傷つくかもしれないからと」

足元が揺れるのを感じ、アンドレアスはうめいた。

「最後の質問だ。いつ彼女の正体を見破った？」

「結婚式の直前、ドミニクに話している言葉をたまたま耳にしたときだ。ふたりは教会の前庭で話していて、ぼくが階段にいるのに気づかなかった。夫の前でよくも服が脱げるものだ――彼女はそうドミニクに言っていたよ」

アンドレアスは胸に刺すような痛みを感じた。

「なんと言っていいかわからないよ、ポール」

「後悔しても遅い。マリスは事故に遭って、いっしょになる運命ではなかったと諦めるしかなかった。でも、きみたちはまだ間に合う」

「きみが正体を見抜いたことを、彼女はまだ気づいていない。数日以内に、またなにか事を起こすにきまっている」

「そのときを待ちかまえていればいいな」

「ドミニクに話したかい？」

「いいや。オリンピアが目の前から消えるまで、言うつもりはない。妻をあまりにも長く苦しませすぎたよ」

「みんなが苦しんだんだ。なにかいい方法が？」

「ああ」

「助けは？」

「お願いする。三十分ぐらい時間があるかな？」

「オリンピアを追放する計画のためなら、いくらでもあるよ」

9

　翌朝、ドミニクはギリシア語の授業が終わると、ジムでトレーニングをすることにした。声をかけてくる男性たちに挨拶をしていると、筋骨たくましいハンサムな男性が笑顔で近づいてきた。「支配人兼トレーナーのアレックスです。こちらには初めてですね？」

「ええ、初めてよ」ドミニクは最新式の設備を見まわした。「女性はいないの？」

「女性はたいてい夕方にいらっしゃいます。今日は入会の申しこみに？」

「夫が会員なのよ」

「それは残念です。ここの男性はみんながっかりするでしょうね」ドミニクはくすりと笑った。「その運のいい男性のお名前は?」

「アンドレアス・スタマタキスよ」

一瞬にして、アレックスは真顔になった。彼は低く口笛を鳴らした。「あなたは彼の最初の奥さんですか?」

その質問を聞いてドミニクは、裁判のあと、どれほどゴシップが蔓延(まんえん)したかがわかった。

「わたしは彼の最初で唯一の妻よ」もしかしたらそれも長くないかもしれない。

アレックスは両手を腰にあてた。「失礼なことを言うつもりはなかったんです」

「気にしないで。一年間別居していたけど、もう戻ってきたの。名前はドミニクよ」

「すてきな名前ですね。フランス語ですか?」

「ええ。母がフランス留学していたとき、気に入った名前なの」

アレックスは専門家の目でドミニクを吟味した。「見事な体格です。ジムに通われていたんですか?」

「去年は、半分ジムに住んでいたようなものね」

「それでしたら、どうぞご自由になさってください。更衣室はあちらです」

ドミニクはロッカールームに入っていった。髪をポニーテールにまとめると、数分後にはランニングウエアに着替え、ストレッチの準備を整えた。

周囲の男性の好奇の目を無視して、ドミニクはいつものトレーニングメニューをこなした。最後にランニングマシーンで体調を確認した。

オリンピアのことはどうにもならないが、自分の体を鍛えることならできる。トレーニングをしているうち、いつしか意識が重要な課題に集中していた。

「そうだわ」彼女は独りつぶやいた。

ドミニクはストレッチで体をほぐすと、シャワーを浴びに行った。スカートとブラウスに着替えると、髪をとかし、アレックスを捜しに行った。

彼は更衣室にいるあいだに来たらしい十代の若者を指導していた。ドミニクは離れたところで、彼の手が空くのを待った。

「すみません。手が離せなかったもので」

「今、お話をする時間はある?」

「ありますとも」

「ありがとう。ジムの会員で乳がんを克服した女性をご存じだったら、教えてもらいたいの」

彼の表情からして、思いがけない質問だったようだ。「ぼくが知るかぎりでは、ひとりだけいます。たいてい午後六時にやってきますよ」

「わたしの携帯電話の番号を渡して、電話をしてくれるようお願いしてもらえないかしら?」

「いいですよ」

ふたりはカウンターに歩いていき、ドミニクは名前と電話番号を彼に渡されたメモに書いた。

「その女性に、わたしも乳がんを克服した者で、お話がしたいと言っていたと伝えていただきたいの」

アレックスのまなざしが和らいだ。「必ずお伝えしますよ」

「ありがとう。もうひとつお願いがあるの」

「どうぞ」

「ジムで乳がんを克服した女性をほかにも見つけたら、わたしに電話するよう言ってもらえないかしら?」

「いいですよ」

「感謝するわ。アテネで市民マラソンを開催するために、一歩を踏みだしたところなの」

「アテネでジムを経営している友人が何人かいます。伝えておきますよ」

「すばらしいわ。ではまた明日、同じ時間に」

「お待ちしています、ミセス・スタマタキス」

「ドミニクと呼んで」

アレックスはにやりとした。「そう言っていただけるのを待っていました」

ドミニクは意気揚々とした気分でジムを出て、病院に向かった。カフェテリアで昼食をすませると、最初の患者の部屋を訪ねた。

まさにデジャヴのようだった。乳房を失おうとしている四十歳の女性の言葉を聞きながら、ドミニクは自分の不安を聞いているような錯覚に陥った。

その女性は英語は堪能ではなかったが、意思の疎通には申し分なかった。ドミニクはまたすぐに会いに来ると約束してから、入院したばかりのがん患者の病室を回った。

ドミニクはペントハウスに入っていくまで、夫が先に帰宅していたことに気づかなかった。ふたりは食事をしながら、アンドレアスが新たに手がけている仕事の話をした。ドミニクは病院で会った患者の話をした。

話さなかったのは、オリンピアのことだけだった。

ドミニクは十時にギリシア語のテキストを閉じると、先にベッドに行った。しばらくしてアンドレアスは上掛けの下にすべりこんできて、彼女に手を伸ばし、きつく抱きよせた。「一晩中、こうしていたいだけだ。構わないかい?」

「もちろんよ」一瞬ためらってから、ドミニクは答えた。「アンドレアス――」

「話はやめよう。今はただきみを抱いて、眠りたい。ずうずうしいお願いかな?」

「いいえ」

夫を客間で眠るところまで追いつめたのではないかと、ドミニクは心配だった。たくましい腕に抱きしめられ、言葉では言いつくせない安堵感に浸りながら、目を閉じかけたそのとき、彼女の携帯電話が鳴った。

「電話に出るかい?」

「出たほうがいいと思うわ」

ドミニクはヘッドボードにもたれて座った。彼はナイトテーブルの上の電話に手を伸ばし、彼女に渡した。

「はい？」

「ミズ・ドミニク？」訛(なまり)の強い英語で女性が尋ねた。

「そうです」

「エレクトラといいます。あなたが話したいと言っていると、アレックスから聞きました」

「電話をしてくれてありがとう、エレクトラ」

「どういたしまして。あなたもがんを？」

「ええ、再発しないことを祈っています」

「わたしも同じ気持ちです」

「ランニングは？」

「いえ。でも、走ろうかと思っています」

「明日の夜ジムに寄りますので、もしよかったら、トレーニング帰りにお話をうかがってもいいですか？」

「では七時に」

アンドレアスは携帯電話を受けとって、テーブルに戻した。「今日は大忙しだね。早くも例の計画に着手したんだね。きみは非凡な女性だよ、ドミニク。ぼくも明日の夜いっしょに行って、トレーニングをするよ」

翌日の夜、ふたりはトレーニングをして、エレクトラと知りあいになった。アレックスも会話に参加し、マラソン大会の運営に手を貸してくれることになった。彼はすでに六人分のリストまで用意していた。

ペントハウスにたどりつくと、ドミニクはオムレツを作り、ふたりはベッドに行った。ふたりはただ眠るまで抱きあっていた。週日が同じように過ぎていった。

金曜日の夜、アンドレアスの両親の家に夕食に招かれていた。アンドレアスとエリがリビングでおしゃべりするあいだ、ドミニクは台所で義母の手伝いをした。バーニスは息子の大好物を料理した。

ドミニクが自宅で作るために夫の好物のレシピをメモしてから、その夜はお開きになった。すべてが表向きは順調に進み、ドミニクは土曜日になるまで結婚につきまとう問題を忘れかけていた。

翌朝、朝食をとりおわると、ふたりは日光浴と水泳をするためにザキントス島に飛んだ。マットレスに横になって日光浴したり、プールでのんびり泳いだりしながら、ドミニクはアンドレアスを先生にして、習いたてのギリシア語を練習した。

アンドレアスは実に優しく、まめまめしく世話を焼いた。ドミニクはお姫さまになった気分だった。聴いていると心が浮きたつようなギリシアのロックがBGMだった。

最後に、ギリシア語しか使えないゲームをした。まずアンドレアスが一言で答えられる簡単な質問をする。問題は徐々に難しくなっていき、ドミニクは動詞の活用がわからなくなって、不定詞を使い始めた。

アンドレアスは笑いころげてプールに落ちると、ドミニクを水中に引きずりこんだ。ふたりは水のなかでキスをした。七日ぶりのキスだった。

プールから浮かびあがったアンドレアスはドミニクをプールから抱きあげて、そのまま屋敷に入っていった。寝室にたどりつく前に、エレニが追いかけてきた。

「お邪魔をして申し訳ありません。アテネのオリンピアさまから電話です。アリのことで心配ごとがあって、お話ししたいそうです」

きっとオリンピアはアリのことで電話してくるというドミニクの想像は、予言のようにあたった。はずれたのは、真夜中ではなく、昼間に電話をしてきたことだけだ。だとしても、アリの身になにかあったのではないかと思うと、ドミニクは心配になった。

「ありがとう、エレニ。寝室で電話に出るよ」

オリンピアと夫の電話はいつも手短だった。だが、ぜんまいじかけのおもちゃのように、彼はすぐにそちらに向かうと答えた。

「アリが病気で吐きつづけている。医者に電話をしたら、連れてきてほしいと言われたそうだ。オリンピアは取り乱している」

「それで、あなたは行かなくてはならないのね」

「ドミニク？」

「いいのよ。アリが深刻な病気なら、オリンピアには助けがいるわ。でも、ご存じのように、彼女はわたしにはできるだけ会いたくないみたいだから、わたしはここに残るわ」

どうかいっしょに来てほしいと言って、アンドレアス！

アンドレアスは近づいてきた。「本当にいいのかい？」

そんなこと言わないで！

「ええ、本当に」

「暗くなる前に、戻ってくるよ」

アンドレアスはすばやい動作で、息がつまるほど激しいキスをした。

だが、電話の知らせを聞いてから、ドミニクのなかでなにかが音をたてて切れていた。アンドレアスが激しい欲望を押し殺してきつく抱きしめるほど、彼女の気持ちは冷めていった。

ドミニクは自分の体の外に立ち、外から見ているような妙な感覚にとらわれた。もはや歓びを与えることも、引きだすことも叶わない気がした。

アリはオリンピアの切り札で、これからも何度でもその手を使うつもりなのだと啓示が降りてきたように、ドミニクはそう気がついた。

テオは人間らしい気持ちを失って、息子を手放したわけではなかった。彼が諦(あきら)めたのは、オリンピアとアンドレアスの結びつきが強力で、太刀打ちすることも、引き裂くこともできないとわかったからだ。

ドミニクは結婚のために闘おうとして、ギリシアに戻ってきた。だが、二十年遅すぎた。

アンドレアスが何時にザキントスに戻ってこようと、わたしが待っていることはないだろう。永遠に。

十時過ぎに医者がオリンピアを捜しに、小児病棟の待合室にやってきた。

「息子さんはだいじょうぶです、ミセス・パノス。帰宅してもいいですよ。胃腸炎を起こしていましたが、もう治まりました。ききたいことがあったら、明日、わたしのクリニックまでいらしてください」

「ありがとうございます」

数分後、アンドレアスとオリンピアは小さなアリを携帯ベビーベッドに寝かせて病院から出ると彼女のアパートメントに向かった。室内に入り、アリをベッドに寝かしつけた。オリンピアは訴えるような茶色の目でアンドレアスを見つめた。「今夜、いっしょにいてもらえない？」

アンドレアスの心に妻の警告の声が聞こえてきた。

「おばさんはどこだい？」

「わたしのいとこの家で週末を過ごしているわ」

ドミニクとの会話がまた蘇(よみがえ)り、心から離れなくなった。

〝おばさまに甥御(おいご)さんが？　初耳だわ。どこに住んでいるの？〟

〝アテネだよ〟

〝近所に甥御さん一家が住んでいるのに、おばさまの具合が悪いと、あなたに電話をしてくるのね〟

アンドレアスは首を傾げた。「おばさんは病気で、安静にしなくてはならないと思っていたけど？」

「医者からもらった薬が効いて、具合がよくなったのよ。きっと赤ちゃんの泣き声から逃げたいのね」

なにを言っても、オリンピアは常にもっともらしい理由を返してきた。これまで彼女を問いつめたことはない。どうやらぼくもマリスも、オリンピアのことでは人がよすぎたようだ。

「しばらくいるよ」

「よかったわ。コーヒーをいれてくるわね」

アンドレアスはオリンピアのあとをついて台所に入った。まもなくして、ふたりは差し向かいに座り、湯気をたてるコーヒーをすすっていた。

何年も彼女の企みを見抜けなかった自分を思うと、アンドレアスは自己嫌悪に襲われた。

「オリンピア」

「サンドイッチも食べる？」

「いや、結構だ」今しかない。「もうこういうことは続けられない」

「どういうこと？」

アンドレアスはもう一口コーヒーをすすり、カップを下においた。「きみが学校でマリスと友だちになって以来、ずっと住みつづけている空想の世界のことだ」

「空想の世界？」

「ああ。ぼくがきみの夫で、アリがふたりの子どもだという空想の世界だ。そんな現実はないんだ、オリンピア。それはきみが頭のなかで作りあげた世界で、現実には存在しない。きみはぼくの妹の友だちだった。ただそれだけだよ。マリスはきみの狡猾さに気づかなかった。きみをもうひとりの娘のようにかわいがったぼくの両親もだ。きみが温かい友情に陰湿な裏切りで応えてきたことが暴露される前に、マリスは死んだ」

「裏切りですって？」

「裏切り以外の言葉で、きみの行動は説明できない。きみは多くの人を傷つけ、多くの心を踏みにじってきた。なかには取り返しのつかないこともある。だが、ありがたいことに、ドミニクはどうにか無事だった」

オリンピアは目を怒りで光らせた。「彼女になにか吹きこまれたのね！」

「きみの異常さに気づかせてくれたという意味なら、そうだ。ぼくは彼女を全面的に信じている。妻を全身全霊で愛している。生涯、ドミニクはぼくの最愛の人だ。ほかに誰も入る隙間はない」

「自分がなにを言っているか、わかっているの？」

オリンピアは飲みかけのコーヒーをアンドレアスの顔にひっかけた。彼はコーヒーを滴らせたまま、そこに座っていた。

「それが答えだとしたら、きみはぼくがなにを言っているか、わかっているということだね」

オリンピアは子どものように顔をゆがめた。大きな茶色の目には涙が溜まっている。彼女と知りあってから何度も目にし、そのたびに、彼の保護本能を呼びさましてきた表情だ。

オリンピアに長年操られていながら、気づかなかった自分を思い、アンドレアスは愕然とした。

「どうしてわたしを愛してくれなかったの？」

「誰に相性が説明できる？　ドミニクに出会った瞬間、ぼくは恋に落ちた。激しく情熱的な恋にね。彼女はぼくの人生を変えた。ぼくの運命の人だ」

「彼女はあなたにはふさわしくないわ！」

「誰もきみの意見などきいていない。ぼくの人生にとってドミニクがどんなに大きな存在かをきみが受けいれるのを拒むせいで、こんな不愉快な対決をするしかなくなったんだ」

「ドミニクはあなたの好みではないわ」

「彼女はぼくの好みそのものだ！　一瞬にして、ぼくの魂が、ぼくの精神全体が、そうだと感じた」

「違うわ！」

「なにを言っているかわかっているのか、オリンピア。きみは三十歳の母親だ。まだ甘やかされた少女のように駄々をこねる気か。きみには助けがいるよ。ぼくにはできない種類の助けだ。もうきみの助けにはなれない。つきあいは終わりだ。二度と電話をしてくることも、ぼくとドミニクに近づくこともやめてもらいたい」

「まさか本気じゃないでしょう――」

「やってみたらいい。きみに対して法的手段をとるよう弁護士に伝えるよ。そんなことはしたくないが、きみが懲りないならしかたないな」

　オリンピアはかぶりを振って、現実から目をそらそうとした。

「別居してから、妻は分析医のところに行った。そしてカウンセリングを受け、自分自身の理解を深めた。きみも彼女を見たら、なにが起きたかわかるだろう。安定した本来の自分を取り戻したんだ。カウンセリングはきみのためにもなると思うよ、オリンピア。プロのカウンセラーに支払うくらいのお金は、テオが残してくれただろう。もしぼくがきみなら、明日にでもカウンセラーを探すね。きみのためだけじゃない。アリのためにも」

「まるでわたしが精神病みたいなことを言うのね」

「どこかおかしくなかったら、レイプされたなんて嘘（うそ）はつかないよ」

　彼女の表情が凍りついた。

「証拠があるんだよ、オリンピア」

「どうしてそんなひどいことを言うの？」

「今週、ぼくの弁護士は裁判官のところに行った。裁判官はきみの通院記録を証拠として法廷に提出するよう命じた。だが、きみがアクロポリス病院の緊急治療室で診察を受けた記録はなかったよ」

「その病院ではないわ。人目につかないように、個人のクリニックに行ったのよ」

「自分で嘘だとわかっているだろう。きみはそうやって嘘に嘘を重ねていくんだ。テオに電話して、それがわかったよ」

「テオはあなたを憎んでいるわ。あなたと話すものですか」

「それは間違いだ。きみたちが出会う前から、ぼくたちは友人だった。きみのことでじっくり話しあったよ。彼がどんなひどい目に遭ったか聞いた。テオは肉体的にも精神的にも虐待などしていなかった。それどころか、逆だ。九カ月間、きみはアリをぼくの子だと言いつづけ、彼を苦しめた。テオを追いこんで、不貞の訴訟を起こさせたのはきみだ。夫が妻の宿した子の父親が自分だと思うのは当然なのに、別の男の子だと嘘をつく妻は精神的におかしいよ」

「テオの望みどおりになったわね」

「彼がきみへの愛情を断ちきることができたらね。ほかにもある。きみは残酷な手口で、結ばれていたかもしれないポールとマリスの仲を引き裂いた。それもただ嫉妬と苛立ちのためだけにだ」

オリンピアは歯を食いしばった。「ポールはいつもあなたの周囲をうろついていたから、きらいだったわ。わたしのあなたへの気持ちも知っていた。彼はわたしたちを引き離そうとしていたのよ」

「言ったように、ぼくはきみにはなにも感じなかった、オリンピア。ポールには関係のないことだ。なのに、ぼくが心から愛するふたりをきみは傷つけた。マリスがポールに夢中だったことは知っていたはずだ。彼女に嘘を吹きこんで、ポールに気がないと思わせるとは、なんて残酷なことをしたんだ」

「ポールはマリスにはふさわしくないわ」

「人の人生を弄んでおいて、永久に逃げられると思ったらそうはいかない。ドミニクを陥れようとしたのが、運の尽きだったな。二十二歳で彼女のような病気を宣告されたら、きみならどうなっていた？　すぐに乳房を摘出しなかったら、死ぬかもしれないと言われたら、どうなっていた？　毎朝、がんが再発したのではないかという不安に怯えながら、目覚める気持ちを想像したことがあるかい？　毎月、いつがんが見つかるともしれないなかで、検査を受けなくてはならないんだ。ドミニクがどんなに勇敢か、きみには絶対にわからないだろうね」

アンドレアスは立ちあがり、近くのタオルに手を伸ばし、コーヒーを拭いた。

「きみが専門家の助けを借りてよくなったら、テオと話しあって、問題の解決に着手できるかもしれないな。どう言おうと、きみとテオのあいだには燃えたつものがあった。そうでなければ、どうしてアリが生まれる？　彼はすばらしい子だよ。手遅れになる前に、自分を立てなおすんだ。今はつらくてたまらないだろう。だが、もしアリが大人になって、きみを遠ざけるようになったら、その苦しみから立ちなおれなくなる」

アンドレアスは踵を返して、出ていこうとした。

「いやよ――お願い――愛しているの。行かないで！」オリンピアは身を投げだし、アンドレアスにしがみついた。「あなたがいなくなったら、アリはどうなるの？　あなたは、アリが懐いていて愛しているただひとりの男性なのよ」

「子どもは立ちなおりが早い。じきにほかの人を愛するようになる。もしきみが息子を本当に愛していて、しかるべき行動をとり、専門家の助けを求めるなら、アリはテオと通じあえるよ」

アンドレアスは力ずくでオリンピアの体を引きはがし、アパートメントから出た。ドアを閉めた瞬間、ドアになにかがぶつかる音がして、泣きじゃくる声が聞こえてきた。

アンドレアスはアパートメントの正面で待つリムジンに乗った。空港ではパイロットが待機していた。

彼が別荘を駆け抜け、寝室に着いたときには、真夜中を過ぎていた。ドミニクはいなかった。

「ドミニク?」

返事がなかったので、アンドレアスは外のプールに駆けだしていった。

「ドミニク?」

彼女がいる気配はない。また出ていってしまったと思うと、冷や汗が噴きだした。

「ドミニク!」

「スタマタキスさま?」アンドレアスがはっとして振り向くと、エレニがバスローブ姿で駆けよってきた。「昼食のあと、ドミニクさまはステーションワゴンで、ドライブにお出かけになりました。それからお見かけしていません」

心臓が止まりそうになった。

ドミニクは百キロ以上ある海岸線のどこにいてもおかしくなかった。民間ヘリでアテネに戻ることにしたのかもしれない。

アンドレアスは携帯電話を取りだし、妻に電話した。呼び出し音が続くばかりだった。「妻を車で捜してくる。万が一、彼女が家に電話をするか、帰宅するかしたら、その場を動かないよう言ってくれ」

「かしこまりました」

アンドレアスは車で屋敷から主要道路に出ると、島を横断して東側を捜すことにした。もしかしたら彼女は海岸沿いの小さなリゾート地に行き、そこのホテルで一晩過ごすことにしたのかもしれない。

結局なんの手がかりも得られず、ドミニクははるばるザキントスの町まで出かけたのかもしれないと思いなおした。ザキントスは大きな繁華街で、地震で一部が破壊されてからは魅力がやや失われていた。

だが、買い物をするには、もってこいの場所だった。

ここからなら、民間ヘリに乗って、アテネに戻ることもできる。

ヘリポートの管理者に尋ねて、ドミニクが乗っていないのがわかると、アンドレアスはほっとした。今度は高級ホテルの駐車場を捜し始めたが、それも徒労に終わった。

しばらくして、こんなことをしても無駄だと悟った。島を一周したら別荘に戻って、ドミニクが電話をかけてくるか、朝になって帰宅するのを待つしかない。

アンドレアスはうめいた。今夜はいつになく美しい夜だったからだ。妻が恋しくてたまらない。どうしても今夜聞かせたい知らせがあった。

アンドレアスは車を数キロ走らせながら、海を照らす満月に目を見張った。数年前の夜のことを思い出した。そのころ、彼とポールは、まもなく左側に見えてくるラグナスの町をよく訪れていた。

ラグナスの浜辺は、絶滅危惧種の赤海亀の世界有数の産卵地だ。海亀を見るために、大勢の観光客が島に殺到したが、アンドレアスはほかの環境保全主義者と同様、そのことに批判的な目を向けていた。

一年に何度か、赤海亀は夜の浜辺に上がり、地下三十センチのところに卵を産む。卵から孵ったばかりの赤海亀は、自力で海に入らなくてはならない。赤ちゃん亀は月明かりを頼りにして海をめざす。

残念なことに、以前はカフェやディスコの電灯に惑わされて、赤ちゃん亀はあやまって町をめざし、多くが干あがって命を落とした。

アンドレアスは自らの影響力を行使して、保護活動を援助し、文明が赤海亀の生息地を侵害しないための厳しい規則を定めた。

この時期になると、赤海亀の赤ちゃんを見ようと砂浜に群がっていた観光客は、今では砂浜のはずれの草地から観察するよう義務づけられた。

いつもドミニクをこの浜辺に連れてきたいと思っていた。だが、彼女はギリシアから出ていき、ぼくを真っ暗な絶望の淵に突き落とした。〝次の満月の夜に〟アンドレアスは妻にそう約束していた。

なにげなくその言葉を口にしながら、アンドレアスはうなじの髪が逆立つのを感じた。きっとドミニクはここにいる、となにかが告げていた。

アンドレアスは道路の曲がり角でスピードを緩め、指定駐車場に車を乗りいれた。止まった車のなかにステーションワゴンがあるのを見て、彼の全身に安堵が押しよせた。彼は最初に目についたスペースに駐車して、車から降りた。

数メートル歩いたところで、草地の端に腹這いになったドミニクを見つけた。彼女はほかの人々から離れたところにいた。

10

ドミニクはほかの観光客と同じように、腹這いになっていた。

今夜は満月だという誰かの声を耳にしなかったら、ドミニクはケファロニア行きの次の便に乗り、アテネ経由でサラエボに帰っていただろう。

だが、赤海亀の孵化はずっと見たいと思っていた。ギリシアから出るのが六時間遅くなったからといって、なんだというのだろう？

さしあたって、苦悩は心のいちばん奥にしまいこみ、地球上でここか、ほかの数箇所でしか見られない自然現象に目を凝らすとしよう。

ドミニクはすでに数時間横たわり、亀が動きだす瞬間を待っていた。

数分後、背後で足音がした。ドミニクは振り向いた。見下ろしているのが誰かわかったとき、体が息を吹き返すのを感じた。

アンドレアスは声を出してはいけないと、口に指をあてた。次の瞬間には、彼は隣に寝そべり、彼女の肩に手を回していた。

ドミニクは視線を浜辺に向けていたが、横顔を見つめるアンドレアスのまなざしを痛いほど感じた。彼のほうを見る気にはなれなかった。彼女の心は激しく動揺していた。

十分が経過した。突然、アンドレアスが肩を押し、なにかが見えたことを伝えた。

確かに三メートル先の砂浜では、三センチくらいの小さな二匹の海亀が這いだして、海のほうに向かい始めていた。

それは魔法のような瞬間だった。

ドミニクは涙ぐんだ。息をのんで、海亀が無事に海にたどりつけることを祈った。

以前、アンドレアスから聞いたことがあった。生物学者によれば、砂浜から海に向かうあいだに海亀の脳に地球の磁場が刷りこまれ、二十年後の産卵時に同じ砂浜に戻ってくるのだそうだ。

一時間後、海亀の赤ちゃんは海にたどりついた。

ドミニクは感極まって、横を向き、夫を見た。濡れた黒い瞳が彼女をじっと見つめていた。

今後なにがあるにしても、この瞬間にわたしを見つけてくれた彼には感謝でいっぱいだ。おかげで、ふたりで生涯忘れられない体験をすることができた。

アンドレアスはしなやかな動作で身を起こしながら、ドミニクの手を引いて立ちあがらせた。ふたりは無言のまま、駐車場に向かった。

ステーションワゴンに乗るドミニクに手を貸すと、アンドレアスは男らしい低い声でささやいた。「あとをついてきて」

アンドレアスの車が道路に出ていき、ドミニクはそのあとに従った。二分ほど走ると、彼は高速モーターボートのレンタル店があるマリーナに入っていった。ドミニクは彼の隣に車を止めて、外に出た。

アンドレアスは真夜中なのに、ためらうことなく事務所に隣接したキャビンのドアをたたいて、店主を起こした。

バスローブを着た年輩の男性は、アンドレアスの肩をたたいて温かく歓迎した。ドミニクが外で待っていると、ふたりは事務所に入っていった。

数分後、店主は一組のキーを持って出てきた。アンドレアスはクーラーボックスを持ち、店主の後ろを歩いていく。どうやらピクニックを計画しているらしい。オリンピアとアリを助けに行っているあいだ、いい子にしていた妻へのご褒美だろうか？

ドミニクは醜態を演じたくなかったので、ふたりのあとをついていき、ボートに乗った。

店主はロープを解いて、アンドレアスにエンジンをかけるよう合図を送った。店主はドミニクの動揺には気づかずに、手を振ってふたりを笑顔で送りだした。彼の目からは、ロマンティックなカップルに見えただろう。

アンドレアスはドミニクをちらりと盗み見た。

「今夜の海は穏やかだ。椅子に仰向けになって、景色を眺めたらいい」

アンドレアスを近くに感じて、ドミニクの感覚はかきみだされていた。「遠くに行くの？」

「きみを驚かせたいんだ」

その後の一時間が恍惚(こうこつ)とするような時間だったことは、認めざるをえなかった。ボートは島の北西側に海岸線に沿って進んだ。周囲の景色は豊かな緑から、高くそびえる絶壁に変わった。アンドレアスはよく見えるように、ボートを岸に近づけた。切りたった絶壁を真下から見上げると、ドミニクは目眩がした。まだ人跡未踏らしい神秘的な洞窟や真っ白な砂浜が、あちこちに見えた。

アンドレアスの態度は、なぜかしらドミニクの全身に官能的なおののきを走らせた。彼は結婚したあの男性でありながら、別の男性だった。

ボートはますます速いスピードで水を切って進んだ。アンドレアスの頭にははっきりした目的地があるようだった。数分後、難破船の砂浜を目のあたりにして、ドミニクは息をのんだ。手つかずの砂浜は、三方を切りたった巨大な崖に囲まれていた。

一度、観光客を満載した船で、日中に前を通りかかったことはあった。何年も前の嵐で座礁した船が、錆だらけの姿で砂地の中央に横たわっていた。

今夜、満月に照らされた幻想的な海も、この砂浜もふたりだけのものだった。まるで地球に残された最後の人類のようだった。

アンドレアスの黒っぽい瞳の奥に炎が燃えたつのを見た。彼は少年時代から大好きだったこの楽園で、わたしと愛しあいたいと思っているのだ。

ラグナスの草地に寝ころんで、赤海亀を見守っていたときから、ふたりのあいだには目に見えて欲望が高まっていた。

アンドレアスの近くにいると、こんな気持ちになる軟弱な自分に腹がたった。先ほどまでサラエボに帰ろうと思っていた。なのにどうして今はここにいて、夫への欲望でいっぱいになっているのだろう。

「もうやめて」ドミニクはエンジンを切った夫に叫んだ。

「どういうことだい？」

「く……車に戻りたいの」

「もう遅い」

アンドレアスは驚くドミニクの前を歩いて後部に向かうと、海に飛びこんで、ボートを砂浜に押していった。瞬く間に彼女の横まで泳いできて、ライフジャケットを着たままの彼女を体ごと抱えあげた。

アンドレアスはドミニクを消防士のように、軽々と抱きかかえて砂浜に上がった。「ここで待つんだ」アンドレアスはボートにクーラーボックスを取りに行った。彼が一瞬のうちに、詰め物をした腰掛けの下からひっぱりだしてきたブランケットを手に戻ってきたとき、ドミニクは抱きかかえられたときから震えている手でまだ口を覆っていた。

アンドレアスは砂地にブランケットを敷いた。彼がシャツを脱ぐと、息を吹き返したギリシア神の彫像のようだった。

アンドレアスの魅力に怯えて、ドミニクは目をそらした。「無理よ」

「なにが無理なんだい？　結婚をやりなおすために戻ってきたときのようには、ぼくを愛せないということかい？」

「そ……それは修復できない結婚もあると、気づいたのよ」

「同感だ。もし夫と妻が関係を修復するために、何度でも努力しなかったとしたらね」

「それでもだめな場合もあるわ」

アンドレアスはふたりの距離を縮め、妻のライフジャケットを脱がせた。「ぼくを見てくれ」

ドミニクはかぶりを振った。「無駄よ、アンドレアス」

もがいて離れようとするドミニクに彼は言った。「今夜、オリンピアに二度とぼくたちの人生にかかわるなと、はっきり言ってきたよ」

「その言葉を信じたいわ」ドミニクの声は震えた。

「でも――」

「ちゃんと聞いているかい？　保護命令のことを出して、オリンピアを脅した。もしぼくに近づいたら、訴訟を起こすことをわからせた」

ドミニクは天を仰いだ。熱い涙が頬をつたった。

「それでもやめないわ。彼女はどうしたらあなたを誘(おび)きよせられるか、わかっているもの」

「きみが信じないだろうと思っていた。理由もわかるよ。だから、証拠を持ってきたんだ」彼はズボンのポケットから、小型のテープレコーダーを取りだした。「アリと帰宅して、寝かしつけてからの会話の一部始終だ。アリは胃腸炎を起こしていたが、じきによくなるそうだ」

アリの無事の知らせを聞いてうれしかったが、夫が手にしているテープレコーダーを見て、まだ動揺していた。「録音したの?」

「ああ。そこに横になっていっしょに聞こう。どうしてシャツを脱いだのか、いぶかしく思っているなら言うけど、理由はいろいろあるんだ。ひとつは、会話の途中で逆上したオリンピアに、コーヒーをかけられたからだ」

アンドレアスは横向きに寝て、自分の隣を手でたたいた。ドミニクは呆然(ぼうぜん)としながら膝をつき、彼のシャツに手を伸ばした。大きく広がった染みで、優雅なクリーム色のシルクが台無しになっていた。

ドミニクは低くうめいてから、夫の顔と顎に指を走らせた。「火傷(やけど)はしなかった?」

アンドレアスは妻の手を取り、キスした。「ああ。彼女が正気をなくしたころには、もうコーヒーは冷めていた」

「アンドレアス――」

ドミニクが見守るなか、アンドレアスはテープのスイッチを入れた。

〝今夜、いっしょにいてもらえない?〟

〝おばさんはどこだい?〟

〝わたしのいとこの家で週末を過ごしているわ〟

〝おばさんは病気で、安静にしなくてはならないと思っていたけど?〟

〝医者からもらった薬が効いて、具合がよくなったのよ。きっと赤ちゃんの泣き声から逃げたいのね〟

〝しばらくいるよ〟

〝よかったわ。コーヒーをいれてくるわね〟

〝オリンピア〟

〝サンドイッチも食べる？〟

〝いや、結構だ。もうこういうことは続けられない〟

テープが終わったときには、ドミニクの涙で彼女も夫もびしょ濡れだった。

「もう本当に終わったのね」

アンドレアスは妻の瞳の奥を見つめた。「今夜を結婚生活の本当の始まりにしよう」

ドミニクは胸がいっぱいでなにも言えなかった。

「ぼくたちは船が沈没して、遠くの海岸に打ちあげられた恋人だ。月明かりと温かな砂。そして、歓びを与えあうふたつの体がある。さあおいで、愛する人」

ドミニクは両親を同時に抱きしめた。「マラソン大会を見に来てくれてうれしいわ。終わったら、エリやバーニスといっしょにザキントスに飛んで、感謝祭のごちそうを作りましょうね」

「マラソンのあと、あなたは休んだほうがいいわ。料理はパパとわたしが引きうけるわ」

「アンドレアスが感謝するわ」

わたしもだ。この一週間、ドミニクは空腹をあまり感じなかった。

「おまえが全部計画したなんて、誇らしくて胸がはちきれそうだよ」

「ありがとう、パパ。百人の出場者は、最初のマラソン大会にしたら悪くないわ」

「すばらしいわ。ドミニク、スタートの用意が始まったみたいよ。がんばってね。あなたが見えなくなったら、ゴールに行って、アンドレアスやご両親といっしょに待っているわ」

ドミニクは父の探るような目に気がついた。「だいじょうぶかい、ドマーニ？」

「最高に元気よ」

「本当かい？」

「ちょっと上がっているかもしれないわね。アンドレアスに恥をかかせたくないもの」

「恥をかかす——」両親は同時に叫んだ。

「ほら、つまずいたり、ばったり倒れたりしたら、死にたいほど恥ずかしいわ」

父が顔をしかめた。「そんなことは今だってないだろう。自信がないのかい？」

「いいえ。もう時間だわ。またあとでね」

ドミニクは両親の頬にキスしてから、出場者が集まっているほうに駆けだしていた。

ジムのアレックスがゼッケンをつけてくれた。

「ドミニクが一着になれますように！」

「ゴールインできますように！」

アレックスの笑い声が遠ざかるのを聞きながら、ドミニクは走者の一団に加わり、スタートの合図を待った。こんなに多くの女性が可能性に賭け、がんに勝利したことを思うと、感極まって喉がしめつけられた。

エレクトラと目が合った。彼女の目も濡れていた。

合図のピストルが鳴った。

ドミニクは曇った空の下、抑えめなペースで走りだした。今日は涼しく、ランニング日和だった。

コース沿いには、大勢の観客が集まっていた。地元のテレビ局が実況放送をしている。ドミニクがひとりで押しても開かない扉が、夫の名前のおかげで開いたのだ。

夫をどんなに愛していることか。

世界中のどの男性も彼の代わりにはなれない。わたしの最悪のところを見ても、愛してくれた。今日は最高のところを見てもらいたい。妻を誇らしいと思ってもらいたい。

中間地点で数名が歩きだした。ドミニクは感動で胸が熱くなった。彼女たちを応援した。観客は拍手を送り、彼女たちを応援した。観客は、このマラソンががんの認識を高めるためのイベントだと理解しているのだ。

今回のイベントをきっかけにして、女性がひとりでも検査を受けに行き、がんを克服したとしたら、今日のマラソン大会は意義があったということだ。

四分の三地点で、ドミニクは突然吐き気に襲われた。体から冷や汗が噴きだした。耳鳴りがして、足が動かなくなった。

次に気がついたときには、救急車のなかで腕に点滴をしていた。ドミニクはふたりの救急隊員の顔を見た。「わたしはどうしたの？」

ひとりは脈を調べている。「失神したんです」

「信じられないわ」

彼はほほえんだ。「今日は数名の走者が失神しました」

「今まで失神したことはないのよ」

「風邪をひいていますか？　熱は？」もうひとりが尋ねた。

「まったくないわ」

「病院で検査をすることになるでしょう」

「どうしよう」ドミニクはうめいた。「夫がゴールで待っているの！　わたしが現れなかったら、心配でどうにかなるわ。彼の携帯電話に電話してもらえる？」

「ご主人の名前は？」

「アンドレアス・スタマタキスよ」

その名前を聞くと、男性はすぐに行動を起こした。

「番号を教えてください」

しばらくして彼は言った。

「ご主人はお出になりません。きっと病院に先回りして待っているんでしょう」

救急隊員の言葉はあたった。ふたりの男性がドミニクを移動ベッドに移して、病院のなかに押していくと、アンドレアスが蒼白（そうはく）な顔をして駆けよってきた。

彼は身をかがめ、妻にキスをした。「よかった。意識が戻ったんだね」

「気を失っただけよ」

「アレックスから知らせをもらったんだ。両親たちもこちらに向かう途中だ。さあなかへ入ろう」

数分のうちに、救急治療室担当の医師が間仕切りのなかに入ってきて、ドミニクを診察した。彼はアンドレアスに外で待っているよう告げた。

「ご主人は心配性ですね」医師はにやりとした。「救急隊員の記録を見ました。脈拍や血圧などは正常値です。もう回復したようですね。失礼ですが、妊娠の可能性はありますか？」

ドミニクはまばたきした。「二カ月ほど、努力してきました」

「今すぐに検査をしてみましょう。もし陽性だったら、失神したのも説明がつきます」

「待って――」

「はい？」

「夫にはまだ黙っていてください。もし赤ちゃんができていたら、自分の口から言いたいの」

医師はウインクした。「了解しました。受付で待つよう彼に伝えておきますよ。そのあいだに血液を採って、看護師には妊娠検査をしてもらいましょう」

「妊娠しているといいのだけれど」入ってきた看護師にドミニクは言った。

「数分後にわかりますよ」

血液を採りおわると、看護師が戻ってきた。彼女はドミニクに検査キットを渡した。

「見てごらんなさい」

「赤い線があるわ！　信じられない！」

「ご主人をお呼びしましょうか？」

「お願いします！」

まもなく、アンドレアスが間仕切りのなかに駆けこんできた。一刻も早く、不安を取りのぞいてあげたかった。

「お父さんになる準備はできている？　赤ちゃんができたのよ」

アンドレアスは無言だった。なにも言う必要がなかった。彼の表情は一変した。ドミニクがそれを見る間もなく、アンドレアスは身をかがめ、彼女の首元で静かに泣き始めた。

ドミニクは夫の頭をなでた。「わたしが倒れて、深刻な病気ではないかと心配したのね」

「きみを失うなんて耐えられないよ、ドミニク」

「もう誰もなにも失わないわ。それにしても信じられない。ギリシアで最初のレースで事故に遭って、あなたと出会い、二度目のレースで失神して、息子か娘ができたことがわかったのよ。もし女の子だったらマリスで、男の子だったらポールにしたいわ。ご両親のところに行って、賛成してくれるかどうかきいてきたら？」

「きみから離れたくないんだ」

「たった一分のことよ。ご両親にとってどんなに大切なことか、考えてごらんなさい」

アンドレアスは立ちあがり、美しい黒い目を拭いた。「三十秒で戻ってくる」

「いってらっしゃい」

アンドレアスは妻にキスをしてから、カーテンの後ろにすべりでていった。

ほどなく歓声とこちらに近づいてくる足音が聞こえてきた。

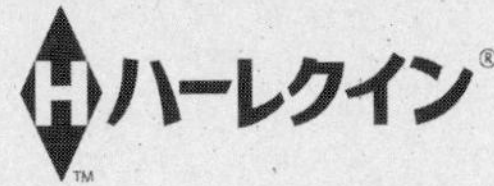

ハーレクイン・イマージュ　2006年4月刊（I-1818）

もう一度恋して
2024年8月20日発行

著　　者	レベッカ・ウインターズ
訳　　者	矢部真理（やべ　まり）
発 行 人	鈴木幸辰
発 行 所	株式会社ハーパーコリンズ・ジャパン 東京都千代田区大手町 1-5-1 電話 04-2951-2000（注文） 0570-008091（読者ｻｰﾋﾞｽ係）
印刷・製本	大日本印刷株式会社 東京都新宿区市谷加賀町 1-1-1
装 丁 者	中尾　悠
表紙写真	© Artmim, Nikolay Antonov ∣ Dreamstime.com

造本には十分注意しておりますが、乱丁（ページ順序の間違い）・落丁（本文の一部抜け落ち）がありました場合は、お取り替えいたします。ご面倒ですが、購入された書店名を明記の上、小社読者サービス係宛ご送付ください。送料小社負担にてお取り替えいたします。ただし、古書店で購入されたものについてはお取り替えできません。®とTMがついているものは Harlequin Enterprises ULC の登録商標です。

この書籍の本文は環境対応型の植物油インクを使用して印刷しています。

ISBN978-4-596-96150-1 C0297

ハーレクイン・シリーズ 8月20日刊 発売中

ハーレクイン・ロマンス
愛の激しさを知る

王の求婚を拒んだシンデレラ 《純潔のシンデレラ》	ジャッキー・アシェンデン／雪美月志音 訳	R-3897
ドクターと悪女 《伝説の名作選》	キャサリン・スペンサー／高杉啓子 訳	R-3898
招かれざる愛人 《伝説の名作選》	スーザン・スティーヴンス／小長光弘美 訳	R-3899
世界一の大富豪はまだ愛を知らない	リン・グレアム／中野　恵 訳	R-3900

ハーレクイン・イマージュ
ピュアな思いに満たされる

大富豪と孤独な蝶の恋	ケイト・ヒューイット／西江璃子 訳	I-2815
愛の岐路 《至福の名作選》	エマ・ダーシー／霜月　桂 訳	I-2816

ハーレクイン・マスターピース
世界に愛された作家たち
〜永久不滅の銘作コレクション〜

オーガスタに花を 《ベティ・ニールズ・コレクション》	ベティ・ニールズ／山本みと 訳	MP-100

ハーレクイン・プレゼンツ作家シリーズ別冊
魅惑のテーマが光る
極上セレクション

もう一度恋して	レベッカ・ウインターズ／矢部真理 訳	PB-391

ハーレクイン・スペシャル・アンソロジー
小さな愛のドラマを花束にして…

愛は心の瞳で、心の声で 《スター作家傑作選》	ダイアナ・パーマー 他／宮崎亜美 他 訳	HPA-61

文庫サイズ作品のご案内

◆ハーレクイン文庫・・・・・・・・・・・・・・毎月1日刊行
◆ハーレクインSP文庫・・・・・・・・・・毎月15日刊行
◆mirabooks・・・・・・・・・・・・・・・・・・・・毎月15日刊行

※文庫コーナーでお求めください。

8月30日発売

ハーレクイン・シリーズ 9月5日刊

ハーレクイン・ロマンス

愛の激しさを知る

黄金の獅子は天使を望む	アマンダ・チネッリ／児玉みずうみ 訳	R-3901
嵐の夜が授けた愛し子 《純潔のシンデレラ》	ナタリー・アンダーソン／飯塚あい 訳	R-3902
裏切りのゆくえ 《伝説の名作選》	サラ・モーガン／木内重子 訳	R-3903
愛を宿したウエイトレス 《伝説の名作選》	シャロン・ケンドリック／中村美穂 訳	R-3904

ハーレクイン・イマージュ

ピュアな思いに満たされる

声なき王の秘密の世継ぎ	エイミー・ラッタン／松島なお子 訳	I-2817
禁じられた結婚 《至福の名作選》	スーザン・フォックス／飯田冊子 訳	I-2818

ハーレクイン・マスターピース

世界に愛された作家たち
～永久不滅の銘作コレクション～

伯爵夫人の条件 《特選ペニー・ジョーダン》	ペニー・ジョーダン／井上京子 訳	MP-101

ハーレクイン・ヒストリカル・スペシャル

華やかなりし時代へ誘う

公爵の花嫁になれない家庭教師	エレノア・ウェブスター／深山ちひろ 訳	PHS-334
忘れられた婚約者	アニー・バロウズ／佐野　晶 訳	PHS-335

ハーレクイン・プレゼンツ作家シリーズ別冊

魅惑のテーマが光る
極上セレクション

カサノヴァの素顔	ミランダ・リー／片山真紀 訳	PB-392

※予告なく発売日・刊行タイトルが変更になる場合がございます。ご了承ください。

今月のハーレクイン文庫

8月刊 好評発売中！

Harlequin 45th Anniversary

帯は1年間"決め台詞"！

珠玉の名作本棚

「浜辺のビーナス」
ダイアナ・パーマー

マージーは傲慢な財閥富豪キャノンに、妹と彼の弟の結婚を許してほしいと説得を試みるも喧嘩別れに。だが後日、フロリダの別荘に一緒に来るよう、彼が強引に迫ってきた！

（初版：D-78）

「今夜だけあなたと」
アン・メイザー

度重なる流産で富豪の夫ジャックとすれ違ってしまったレイチェル。彼の愛人を名乗り、妊娠したという女が現れた日、夫を取り返したい一心で慣れない誘惑を試みるが…。

（初版：R-2194）

「プリンスを愛した夏」
シャロン・ケンドリック

国王カジミーロの子を密かに産んだメリッサ。真実を伝えたくて謁見した彼は、以前とは別人のようで冷酷に追い払われてしまう——彼は事故で記憶喪失に陥っていたのだ！

（初版：R-2605）

「十八歳の別れ」
キャロル・モーティマー

ひとつ屋根の下に暮らす、18歳年上のセクシーな後見人レイフとの夢の一夜の翌朝、冷たくされて祖国を逃げ出したヘイゼル。3年後、彼に命じられて帰国すると…？

（初版：R-2930）